Sofia Viscardi

SUCCEDE

MONDADORI

| librimondadori.it | anobii.com

Succede
di Sofia Viscardi

ISBN 978-88-04-66015-6

I edizione maggio 2016

Anno 2016 - Ristampa 3 4 5 6 7

Indice

Succede

Alla piccola Maria,
per scusarmi di tutte quelle volte
che non potevo giocare con lei
perché stavo scrivendo.
E a te,
che con troppo intendi troppo
anche per continuare a respirare,
che sei tornato a riprendermi
e mi hai dato un senso.

PARTE PRIMA

1

Rimando la sveglia finché posso. Senza nemmeno aprire gli occhi.

Solo quando ormai è troppo tardi, e so che non avrò neanche più il tempo per rimediare al mio aspetto disordinato e assonnato, sollevo la testa dal cuscino. La luce che filtra dalla finestra ferisce all'improvviso i miei occhi mentre, svogliata, li strofino.

Coraggio. Mi tolgo il piumone di dosso e lascio che la fresca arietta di una mattina di gennaio annienti sempre di più la mia voglia di alzarmi. Ma perché, mi dico, mio padre si ostina a tenere il riscaldamento così basso?

Barcollando abbandono il letto per dirigermi in bagno, mi guardo nello specchio e mi pento di non essermi alzata dieci minuti prima per mettermi almeno un po' di fondotinta e mascara e per sistemare questa informe massa di capelli ricci.

Goffa, ecco, mi sento goffa, e non ho tempo per migliorarmi.

Maledetto cronico ritardo. Dopo tutte le ore passate stanotte a leggere, adesso devo correre.

Guardo il letto sfatto e infilo i pantaloni della tuta più veloce che posso, con gli occhi che ancora mi si chiudono, prendo una felpa a caso dall'armadio, impreco contro lo zaino pensando che "forse era meglio se lo facevo ieri sera", ficco dentro qualche libro a caso ed esco di casa come una furia. Piove. Non ho l'ombrello. Troppo in ritardo anche per pensare di arrabbiarmi, corro alla fermata e cento metri prima di arrivare mi vedo l'autobus passare davanti.

Decido che è troppo tardi per aspettare quello dopo e inizio a correre sgraziatamente verso la mia scuola, sperando di non cadere o di non incontrare persone che conosco.

Puntualmente arrivo cinquantanove secondi dopo l'orario consentito, fradicia, e la professoressa non mi ammette a lezione. Sconsolata mi siedo fuori dalla classe, le cuffie piantate in testa, la musica e il mio libro, *Il mondo di Sofia*. Aspetto il suono della campanella, che sembra non arrivare mai, leggo e controllo il cellulare, su cui non compare mai nessuna notifica.

Entro in classe alla seconda ora e mi devo anche subire la ramanzina della professoressa di storia, che mi ricorda che ho superato il numero consentito di ritardi. Annuisco e chiedo scusa. Le mie compagne di classe non mi chiedono nemmeno perché io sia arrivata tardi, sono troppo occupate a truccarsi e a farsi i selfie tutte insieme, e Olimpia, la mia migliore amica, è a casa malata. Lei sì che può dormire. Una strana solitudine si sta facendo strada dentro di me.

Passo le quattro ore successive a scarabocchiare parole confuse, senza capirne davvero il senso, sull'unico quaderno che sono riuscita a ficcare nello zaino.

Esco da scuola e, nonostante le mie preghiere, piove ancora, così mi faccio scivolare il cappuccio sulla testa, m'infilo le cuffiette e comincio a camminare. Questa volta l'autobus non mi passa davanti, lo aspetto venti minuti sotto la pioggia e quando arriva è strapieno. Mi tocca schiacciarmi dentro e stare a sentire le vecchie signore che brontolano perché un ragazzo sta occupando un posto a sedere. Alzo il volume della musica.

Arrivo alla mia fermata e, scendendo, inciampo sul gradino dell'autobus, scatenando una risata generale. Sulla strada verso casa, poi, puccio il piede in una pozzanghera e rischio pure di far cadere un postino andandogli addosso mentre corro sotto la pioggia.

Entrata in casa, mi guardo nello specchio all'ingresso e mi chiedo se davvero ho avuto questa faccia orrenda per tutto il giorno. Quindi entro in camera mia litigando con i capelli crespi, mi butto sul letto ancora sfatto – metafora piuttosto precisa dell'entropia della mia vita incasinata – e spero con tutto il cuore che domani sarà meglio: che succeda qualcosa di diverso, qualcosa di stimolante o di nuovo. Qualcosa che mi faccia vivere, sognare, qualcosa che mi dia la voglia di non passare più le mie giornate mangiando cereali sdraiata sul letto. Qualcosa che arriverà nell'esatto momento in cui smetterò di cercarlo.

Poi penso che, invece di sognare a occhi aperti cose che non avverranno mai, sarebbe meglio far scivolare il mio sedere pesante fino a casa di Olimpia. Perché, come se non bastasse la mia monotona giornata ad annoiarmi, domani ho la verifica di scienze della Terra e, se voglio evitare di iniziare male il secondo quadrimestre, mi tocca passare il pomeriggio a scoprire come funzionano i vulcani.

Ye.

Sbadata come sono, però, il mio libro di scienze l'ho perso mesi fa. E, visto che ho paura che mia madre mi mandi a lavorare per ricomprarlo, preferisco dirle che mi piace studiare scienze con Olimpia, che poi è anche vero.

Mi trascino lentamente verso la porta di casa, infilo le braccia dentro il giaccone nero, mi schiaccio in testa il solito cappellino grigio e, dopo aver contato fino a tre, sono pronta per affrontare le gelide strade di Milano a gennaio.

Una delle cose che amo di più, d'inverno, è la mia 60.

L'autobus – con il riscaldamento – che mi porta ovunque senza farmi prendere freddo. La fermata dista un minuto e trentasette secondi a piedi da casa mia e questo mezzo meraviglioso mi permette di raggiungere la mia scuola, Olimpia, i nonni, piazza Risorgimento, il parco Marinai d'Italia e anche il centro della città.

Con le mie inevitabili cuffie nelle orecchie salgo su, sperando con tutta me stessa in un sedile libero.

Fortunatamente – e stranamente, visto che sono le 14.30 – lo trovo quasi vuoto, così mi siedo e m'immergo nella lettura del mio libro, dimenticandomi completamente di ciò che mi circonda. *Il mondo di Sofia* mi sta piacendo tantissimo.

«È davvero bello.»

Confusa, alzo la testa e cerco di capire da dove proviene quella voce calda che ha interrotto la mia lettura.

Non riesco a capire quando, girandomi sulla destra, salto sul sedile dallo spavento. C'è un ragazzo vicinissimo a me.

«Scusa, non volevo spaventarti, solo... bello quel libro.» Mi sorride imbarazzato e si gratta la testa, forse pentito per essersi fatto avanti in modo così sfacciato.

Non sono brava a interagire con persone nuove, quindi, incerta, mi limito a sorridere di sfuggita a questo ragazzo alto e moro che mi fissa con aria gentile.

Lui sembra deluso e continua a fissarmi, mentre io tengo lo sguardo inchiodato al libro, in attesa che se ne vada.

Ma lui non si arrende.

«Come ti chiami?» mi chiede.

«Margherita» rispondo ostentando disinteresse.

E in quel momento, guardando fuori dal finestrino, mi rendo conto di aver superato la mia fermata. Do un'occhiata all'orologio. Già le tre.

Sono in ritardo. E Olimpia sarà furiosa. Prendo di scatto il telefono.

Diciassette chiamate senza risposta.

«Piacere...» mi sta dicendo lui.

«Scusa, devo scappare!» borbotto mentre chiudo rumorosamente il mio libro e cerco di raggiungere le porte dell'autobus per scendere.

Ovviamente la-mia-goffaggine-colpisce-ancora-episodio-trecentoventimillesimo non perdona, quindi mentre afferro lo zaino il libro mi scivola e colpisce il piedino di una bambina.

«Merda!» scoppio senza curarmi del ragazzo-alto-e-moro che continua a fissarmi. «Sempre la solita sbadata! Mi dispiace tantissimo» dico desolata mentre l'autobus riparte.

Per fortuna la bambina mi sorride e la mamma accanto a lei mi fa cenno che è tutto a posto, così mi piego per recuperare *Il mondo di Sofia*.

«Lascia che ti dia una mano» mormora timidamente il ragazzo-alto-e-moro mentre con un gesto svelto ha già raccolto il libro.

«Grazie, ma non ce n'era bisogno» gli dico strappandoglielo dalle mani. Intanto mi alzo e prendo il telefono per chiamare Olimpia.

«Comunque mi chiamo Samuele!» urla lo strano-ragazzo-alto-e-moro aspettandosi un cenno da parte mia.

Non mi piace dare confidenza alle persone. Devono guadagnarsela. E la sua sfacciataggine non è sicuramente d'aiuto, così mi allontano verso la porta sul retro e aspetto la fermata successiva per scendere di corsa dall'autobus.

2

Mi squilla il telefono.

Olimpia.

«Hai ragione, hai ragione, hai ragione, lo giuro sto arrivando» mi scuso ancora prima che possa iniziare a insultarmi.

«Lo spero per te, devo parlarti. Ne ho combinata un'altra delle mie» mi risponde lei prima di attaccare il telefono.

È proprio buffa Olimpia.

È la mia migliore amica da tanti anni ormai. Ed è una di quelle persone che ha sempre la soluzione giusta al momento giusto. Piace a tutti, è educata, intelligente e davvero bellissima.

Ha un viso allungato e magro e due occhioni castani a mandorla, con ciglia lunghissime che solitamente sbatte forte quando vuole convincerti a fare qualcosa. Le labbra sono rosse e carnose, le noti subito quando la guardi, non stanno ferme un secondo. I suoi capelli sono lunghi e castani come gli occhi, con qualche sfumatura rossa, e le piace tanto tenerli sciolti. Infatti, se ha i capelli legati è un segnale: significa che sta tramando qualcosa. Raggiunto il suo scopo, li scioglierà.

A scuola è amica di tutti e quando giriamo insieme per i corridoi si ferma quarantasette volte al minuto per salutare qualcuno.

Io sono più riservata, ho i miei pochi-ma-buoni-amici e me li tengo stretti. Non sono proprio capace di fidarmi delle persone come fa lei, e un po' la invidio.

È molto testarda, quasi quanto me, ma – cosa più importante – sa ascoltarmi. Sa ascoltarmi come nessuno, e i suoi consigli sono sempre impeccabili.

Appena entro in casa sua, mi rimprovera per il ritardo senza nemmeno un abbraccio. E non perché ce l'abbia davvero con me: «Sono malata, non voglio attaccarti niente!». Poi passa un'ora a cercare di spiegarmi che per sbaglio ha inviato uno Snapchat alla persona sbagliata e che c'erano scritte proprio delle cose-che-quella-persona-non-doveva-leggere. Rido per l'importanza che Olimpia dà a queste sciocchezze e per come urla continuamente che «non doveva assolutamente farlo» buttandosi il cuscino in faccia.

Quando finiamo di parlare di Snapchat sbagliati sono già le 16 e, ovviamente, non ho ancora aperto libro. Così le chiedo gentilmente se può aiutarmi a studiare scienze della Terra, visto che lei domani sarà a casa malata, mentre io starò facendo la prima verifica del secondo quadrimestre.

Lei mi rassicura dicendomi che si tratta di poche pagine facili, che lei aveva già studiato per sbaglio per la verifica precedente. Decido di fidarmi anche se, con la sua memoria pazzesca, solitamente le sue «poche pagine» equivalgono a una mia nottata in bianco a studiare.

Finisco per raccontarle dello strano-ragazzo-alto-e-moro che ho incontrato sull'autobus e la vedo stranamente scossa dalla mia descrizione.

«Capelli scuri, alto, occhi verdi?» chiede molto incuriosita.

«Sono quasi sicura di sì, ma non capisco il perché di questo tuo grande interesse» rispondo.

«Ma quanto alto? Aveva una felpa grigia, per caso?»

«Abbastanza alto, scusami se non ho preso le misure precise lì in autobus. E sì, mi pare che avesse una felpa grigia, anche se non ci ho fatto molto caso. Ma come fai a saperlo? Lo conosci?»

«Potrebbe essere Samuele!» esclama. E non riesco a capire se è divertita o preoccupata.

«Ecco, sì. Si chiamava Samuele, ma mi vuoi spiegare chi è?» le chiedo di nuovo sperando in una risposta.

«Ommioddio» si limita a rispondermi.

Il suo essere così misteriosa, in ogni situazione, m'infastidisce e m'intriga allo stesso tempo.

«Olimpia» la rimprovero.

«È il nostro nuovo, superfigo, compagno di scuola. E ci stava provando con te. Ommioddio.»

Scoppiamo entrambe in una fragorosa risata.

«Primo: tu sei matta. Secondo: non ci stava provando con me» le dico tirandole addosso un cuscino.

«Oh sì che ci stava provando con te, un ragazzo che non ci prova non si ferma nemmeno a guardarti. Domani a scuola devi per forza andare a scusarti per la tua solita imbranata freddezza!»

«Non ci penso minimamente» rispondo ridacchiando.

«Dovresti cercare di essere più carina. E poi dovresti tenerti meglio. Sei bella, solare, e le persone non sono tutte così stronze come pensi tu» ribatte lei.

Mi limito a sorriderle perché, anche se «bella» è una parola grossa per me, so che ha ragione.

Andiamo avanti qualche minuto a parlare, quando sento il mio telefono vibrare nella tasca.

Lo tiro fuori, consapevole che sto per leggere il solito messaggino di mia madre che vuole assicurarsi che il mio pomeriggio di studio stia andando avanti bene.

Invece no.

Non faccio tempo a sorridere che già Olimpia mi ha strappato il telefono dalle mani.

«Non posso crederci!» urla prima di scoppiare a ridere.

«Dài, smettila!» la rimprovero senza riuscire a trattenere una risata per l'importanza che sta dando a una cosa così stupida.

«Ti ha fatto la richiesta di amicizia su Facebook. Non posso crederci» ripete.

«Credici e smettila di farti tutti questi viaggi mentali, probabilmente sta aggiungendo persone della scuola a caso.» Poi prendo in mano il suo telefono.

«Visto? Ha aggiunto anche te.»

«Uff, speravo in una nuova love story» si lamenta buttandosi sul letto.

Poi, finalmente, riesco a convincerla ad aiutarmi sui vulcani, senza dovermi sorbire altre strane storie su Snapchat sbagliati e richieste d'amicizia «tattiche» su Facebook.

Mi suona il telefono.

Lo prendo in mano.

Mamma.

Prima di rispondere guardo l'orario.

20.37.

Oh, no.

3

«Pronto ma'!»

«Non dovevi essere a casa per le 20.30?»

«Ehm, certo» farfuglio correndo sul balcone di Olimpia. Dove per poco non congelo.

«Non senti? Sono già per strada. L'autobus ha fatto ritardo» esclamo.

«Meg, il balcone di Olimpia dà sul cortile, non sulla strada.»

Non le sfugge mai nulla.

«Arrivo!»

Mi arrendo all'infallibile sesto senso di mia mamma e riattacco.

Rientro in camera di Olimpia, la imploro di prestarmi il libro per finire di studiare a casa e le prometto di non perderlo. Poi la saluto – da lontano perché è troppo preoccupata di attaccarmi la febbre – e corro sperando che l'autobus non mi faccia aspettare troppo.

Ovviamente quando arrivo alla fermata la prima cosa che vedo è la luminosissima scritta arancione «60: 18 minuti» sul tabellone della pensilina, e allora capisco che mi tocca di nuovo correre.

Arrivo a casa alle 21.07 e trovo mia mamma ad aspettarmi sulla porta.

«Quando pensi di imparare che se arrivi in ritardo mi devi avvertire?» mi rimprovera subito.

«Hai ragione, è che a forza di studiare non ci siamo accorte che fosse così tardi» mi giustifico, per una volta senza mentire.

«Fila in cucina che è pronto» risponde lei, fiscale, anche se con un sottofondo scherzoso.

«Sissignora» la prendo in giro mentre mi tolgo la giacca.

La mia famiglia è tutta strana. Siamo in tre e non so chi sia più fuori di testa.

Partiamo col dire che in casa mia d'inverno fa quasi più freddo che fuori, perché secondo mio padre, come ho detto, «il riscaldamento inquina troppo per essere tenuto alto». E quindi se ci trasferiamo in un igloo fa più caldo.

Mia mamma Cristina è più una sorella grande un po' severa con cui so di potermi confidare, ma che è capace anche di mettermi in riga.

E poi il mio papà, Luca. Lui non vive nel suo mondo, lui è proprio un mondo a sé stante, molto lontano dal pianeta Terra. Ha tutta una serie di strane teorie ecologiche sulla vita, che persegue con motivazione e che cerca inutilmente di trasmetterci.

Tutto sommato, a differenza di altre, siamo una famiglia molto unita.

Mi siedo a tavola con il naso ancora congelato, mi lego i capelli e mi scuso per il ritardo.

Passiamo la cena ad ascoltare mio padre che cerca di spiegarci quanto il non avere una macchina ci renda una famiglia fighissima, perché oltre a non inquinare camminando e andando in bici «ci viene un fisico bestiale».

Dopo cena ci buttiamo tutti sul divano a guardare la televisione, come ogni normalissimo lunedì sera.

A metà della trasmissione, mio padre russa rumorosamente, mentre mamma un po' risponde a qualche mail di lavoro e un po' guarda lo schermo, e io mangio biscotti attonita davanti a un cantante troppo bravo.

Finito il programma, spengo la televisione. Prima di sparire nella mia stanza, sorrido osservando i miei genitori incastrati come dei pezzi di Tetris sul divano, addormentati. Li sveglio dolcemente e li osservo raggiungere come degli zombie il loro letto.

Mi lancio senza ritegno sul mio materasso morbido e prendo in mano il telefono. Quando lo accendo mi abbaglia con la sua luce.

Trovo uno dei soliti messaggi misteriosi di Olimpia:

> Non ti ho detto una cosa oggi.
> Sono un po' indecisa, ma forse voglio dirtela.
> Ho paura di come potresti reagire.

Conoscendola sarà una delle sue solite gaffe su qualche social network con persone-con-cui-non-doveva-assolutamente-fare-nessuna-gaffe, però, incuriosita, le chiedo spiegazioni.

Dopo qualche secondo è già online e risponde velocemente al mio messaggio:

> Però è una cosa che non devi proprio dire a nessuno.

Passo i dieci minuti successivi a prometterle che qualsiasi cosa lei abbia combinato non la racconterò a nessuno, anche perché non ho molte persone a cui raccontarla. Quando finalmente sembra essersi convinta a vuotare il sacco mi scrive:

> Ho troppo sonno. Facciamo che ci vediamo da me domani dopo scuola?

Lo sapevo.

> Ti odio quando fai così.
> Sarò lì per le 14, non passo nemmeno da casa.

Risponde dopo qualche secondo:

> Grande. Ti preparo qualcosa da mangiare, tanto lo so che altrimenti mi svuoti il frigorifero.
> A domani, principessa.

Spengo il telefono, butto la testa sul cuscino e mi perdo nei miei pensieri. All'improvviso intravedo qualcosa uscire dallo zaino, che avevo delicatamente lanciato in camera prima di andare a cena. Il libro di scienze.

Merda. È successo di nuovo. Mi sono dimenticata un'altra volta di studiare.

4

Rassegnata, sollevo la mia testa pesante dal cuscino e muovo i miei leggiadri passettini da elefante verso la cucina.

Metto su un caffè e torno in camera a preparare un'altra delle mie nottate in bianco.

Spesso rimango sveglia di notte.

La notte è magica, la notte è mia.

Di notte la musica diventa più bella da ascoltare e le persone meno fastidiose.

Quando fa caldo, poi, adoro sedermi sul mio balcone e osservare la gente che passa. Provo a immaginare dove vanno, perché ci vanno, chi sono, cosa fanno, come si chiamano. Mi chiedo perché corrano sempre tutti, anche di notte. Poi mi ricordo che anche di notte si può arrivare in ritardo, e quindi probabilmente starei correndo anch'io.

Di notte c'è silenzio e la mia mente urla. Urla pensieri sparsi e confusi.

Mi piace l'idea di non dormire, una volta ogni tanto.

Questa volta, però, non sono proprio contenta di essermi dimenticata di finire di studiare, sono abbastanza stanca e avrei preferito sognare beatamente invece che scoprire il meraviglioso mondo dei vulcani.

Mi trascino fino al bagno per lavarmi i denti e struccare

quel poco di mascara che sono riuscita a mettermi prima di andare da Olimpia.

Il caffè che ho messo su per studiare senza addormentarmi non è ancora pronto, così mi stendo nel letto, m'infilo le cuffiette nelle orecchie e con una mano afferro *Il mondo di Sofia*.

"Solo due pagine" penso.

Apro gli occhi a fatica senza capire subito che cosa mi abbia svegliato. Vedo il mio libro tutto sfuocato sotto la mia guancia.

Oh no.

Mi alzo di scatto.

La puzza di bruciato invade la mia camera e le mie narici.

«IL CAFFÈ!» urlo saltando giù dal letto.

Corro in cucina rischiando di scivolare più di una volta, e quando apro la porta mi accoglie un alone di fumo nero.

«Non posso crederci!» esclamo mentre sento i passi di mia madre, che vengono verso la cucina.

La ignoro, sapendo benissimo che mi aspetta una ramanzina, e cerco di farmi strada nel fumo per spegnere il caffè che ho lasciato acceso sul fornello.

Quando finalmente ci riesco mi volto, mi precipito verso la finestra e la apro rumorosamente per far passare l'aria.

«C'è un incendio?!» Ecco che si è svegliato anche mio padre.

Quando arriva in cucina brandendo una bottiglia d'acqua, il fumo è già quasi del tutto sparito. Riesco a vedere perfettamente i miei genitori che mi fissano sull'uscio della cucina.

Mia madre ha l'aria molto arrabbiata, mio padre molto confusa.

«Sei la solita sbadata!» inizia lei.

«Ha dato fuoco alla casa?» chiede mio padre ancora più stralunato.

Cerco di trattenere il sorriso che mi si sta formando sulle labbra, ma non ci riesco.

«No, si è di nuovo dimenticata la caffettiera sul fornello. E non c'è un bel niente da ridere!» urla mia madre furiosa.

Mio padre scoppia a ridere e io anche.

«Cosa ridete?!» s'infuria ancora di più lei.

«Si è solo dimenticata un caffè, non è morto nessuno» cerca di calmarla lui agitando pericolosamente la bottiglia d'acqua che ha ancora in mano.

«Perché ci è andata bene, di nuovo, ma potevamo morire tutti, di nuovo!» esplode lei.

«Hai ragione. Ma non succederà più, vero Meg?» mi guarda lui con aria complice.

«Verissimo papà.» Annuisco cercando di non scoppiare a ridere di nuovo.

«Da oggi in poi è severamente vietato fare il caffè di notte!» dice mia madre mentre, scocciata, ritorna a dormire.

«Certo che sei un disastro» mi rimprovera mio padre, poi mi sorride.

«Scusa» mormoro a testa bassa.

«Basta che non lo fai più, perché altrimenti mi costringi a diventare isterico come la mamma» mi mette in guardia.

«Promesso.»

«Ora pulisci il fornello, fa schifo. Poi fila a dormire che è tardi.»

«Magari» dico a bassa voce.

Per fortuna non mi sente e torna a dormire anche lui.

Dopo aver pulito la cucina mi rassegno a studiare senza caffè.

Quando finisco di scoprire tutto – o quasi – sui vulcani sono le 4, punto la sveglia e mi addormento di sasso.

5

Quando la sveglia suona vorrei morire. Eppure, nonostante le tre ore di sonno, ripenso alle parole di Olimpia e decido di alzarmi per provare a sistemarmi, e non andare anche oggi a scuola in tuta.

Stacco il telefono dal caricatore, accendo la musica ad alto volume e trascino il mio corpo pesante e assonnato verso il bagno.

Mi guardo nello specchio.

«Puoi farcela, Meg!» mi faccio coraggio mentre prendo in mano il tubetto di eyeliner nero, ancora nuovo.

Lo apro delicatamente, mi avvicino allo specchio e provo a stendere una linea dritta.

Ovviamente, non avendo proprio la manualità di una fatina, sbavo due o tre volte prima di riuscire a tirare due linee dritte e uguali, ma alla fine sono soddisfatta del risultato.

Mentre sto per passare al mascara sento mia madre che entra in camera mia urlando.

«Svegliati che è tard... Meg?»

«Sono in bagno mamma!» le urlo.

«In bagno? Cosa ci fai già sveglia?» È incredula.

«Hai visto che brava?» rispondo mentre entra nel mio piccolo bagno privato per assicurarsi che io stia bene.

«Ti sei truccata.»

La guardo piena di imbarazzo.

«Stai benissimo, ma è successo qualcosa? Sei innamorata?»

«Mamma! Non posso volermi bene per un giorno?» mi lamento mentre la spingo verso la porta.

Lei mi sorride e poi scivola fuori dalla stanza.

Apro l'armadio, che più che un armadio è il contenitore di una massa informe di vestiti sparpagliati dappertutto. Prendo un paio di jeans che non indosso da mesi, una maglietta bianca, un maglioncino grigio e i miei soliti calzini a righe.

Sorrido mentre penso alla faccia di Olimpia quando entrerò in casa sua conciata come una persona «normale».

Mi vesto, faccio colazione in fretta, preparo lo zaino ed esco stranamente non troppo in ritardo. Addirittura arrivo alla fermata prima dell'autobus.

Quando si ferma è abbastanza pieno, così decido di salire sul fondo, che di solito è meno affollato.

Appena mi appoggio al primo palo, qualcuno da dietro mi toglie la cuffietta dall'orecchio.

È una delle cose che mi danno più fastidio al mondo. Sto per sbraitare, poi vedo Tom che mi salta davanti con un sorriso a quarantasette denti.

«Buongiorno, raggio di sole, ti vedo in forma oggi!» urla scatenando l'ira della vecchietta seduta vicino a noi.

Rido per la sua goffaggine e lo saluto con un sorriso.

Ero così piccola che nemmeno mi ricordo la prima volta in cui ho visto Tomas. Anni fa le nostre mamme si sono incontrate al parco con i passeggini e da quel giorno siamo cresciuti quasi come due fratelli.

Frequenta la scuola di fronte alla mia e abita a una fermata di 60 da me, perciò la mattina, quando non perdo l'autobus, facciamo la strada insieme.

E una di quelle persone con cui è impossibile non ridere, anche se certe volte esagera. Vuole sempre avere ragione, quindi bisticciamo molto spesso.

È parecchio più alto di me, ha due spalle gigantesche perché gioca a basket – è forte, e sta facendo anche carriera – e i suoi capelli sono ricci e sbarazzini. I suoi occhi cambiano colore a seconda del tempo, a volte sono verdi e altre azzurri.

Ha l'abitudine di presentarsi a casa mia senza avvisare e chiama mio padre «zio». Ha un anno meno di me, anche se quando andiamo in giro insieme sembro io la più piccola.

Ogni tanto esce con un gruppo di amici che non mi fa impazzire, sono più grandi e fanno tutte quelle cose sbagliate tipo scrivere sui muri di notte, bere, farsi le canne.

Spesso però passa i pomeriggi insieme a me e Olimpia.

«Sei strana» dice guardandomi negli occhi e interrompendo i miei pensieri.

«Strana?» gli chiedo confusa, mentre scendo dal mio mondo tra le nuvole.

«Sì... oddio, ma ti sei truccata?» Ride di gusto.

«Shh, cosa urli? Poi ci guardano tutti di nuovo!»

«Ti sei fidanzata?» Non la smette di ridere.

«Anche tu con questa storia? Sembri mia madre. No, non mi sono fidanzata, ok?»

«Allora c'è sicuramente lo zampino di Olimpia.»

Ridiamo insieme.

«Comunque» inizia lui.

«Cosa?»

«Stai... bene, credo» sussurra.

Senza rispondere tiro fuori il telefono.

«Cosa stai facendo? Ti ho appena fatto un complimento. E mi sono sforzato!»

«Appunto.»

«Appunto *cosa*?» Sembra quasi offeso.

«Sto segnando la data sul calendario!» Lo guardo ridendo.
«Sei una scema.» Ride anche lui e mi spinge poco più indietro facendomi urtare un ragazzo.
«Mi dispiace! Scusami!» Mi volto di scatto.
Oh no.
Situazione imbarazzante in arrivo.
«Ehi, non preoccuparti. È tutto a posto, Meg.»
Non riesco a non pensare che se Tom s'intromette nella conversazione qui al novantanove per cento va a finire con una mia figuraccia.
«Vi conoscete?» strilla Tom.
Fantastico.
«Non proprio, andiamo.» Cerco di trascinarlo via.
«Ma come sei scortese, non mi sono nemmeno presentato.» Non ha alcuna intenzione di spostarsi.
«Piacere, Samuele» dice a Tom lo strano-ragazzo-alto-e-moro.
«Piacere, Tom.» Sorrisi e grande stretta di mano.
Poi Samuele si volta verso di me e sorride.
«Ma vi conoscete?» ripete Tom.
Io e lo strano-ragazzo-alto-e-moro rispondiamo in coro, solo che io dico di no mentre lui dice di sì. Ottimo. Che vergogna.
«Decidetevi.» Tom mi fissa stranito.
«Non ti ricordi di me ieri qui sull'autobus?» mi chiede Samuele. Sembra dispiaciuto.
«Sì, ma non significa che ci conosciamo...» rispondo, fredda.
«L'eyeliner!» urla Tom.
«Il cosa?» chiede Samuele.
«Tom non...» Cerco di fermarlo, ma lui m'interrompe parlandomi sopra.
«Ho capito perché l'hai messo!» esclama fissandomi e facendo cenno verso Samuele.
«Dobbiamo scendere!» urlo tirando Tom verso la porta.

«Meg, la nostra fermata è la pross...» gli tappo la bocca e lo trascino al freddo, quasi facendoci cadere.

«Tu sei pazza!» grida contro di me appena gli tolgo la mano dalla bocca.

«*Tu* sei pazzo!»

«Perché mi hai trascinato giù dall'autobus se non dovevamo scendere?» Il suo tono è un misto tra l'arrabbiato e il divertito.

«Perché stavi facendo diventare imbarazzante la situazione» lo rimprovero.

«Ma lui ti piace?» mi sorride lui.

«Ma no che non mi piace, finiscila. È solo un tipo molto strano che ieri in autobus mi ha detto che gli piaceva il mio libro.»

Tom scoppia a ridere.

«Ora capisco tutto. Sei un vero disastro con le persone nuove. E lui era pure carino. La prossima volta che lo vedi devi scusarti per la tua solita freddezza!»

«Non posso crederci, anche tu. Dovresti metterti con Olimpia, siete perfetti l'uno per l'altra» rispondo offesa.

«Va bene, io e Olimpia ci sposeremo, però adesso ti consiglio di correre con me perché sono già le otto!»

«Oh no, ho la verifica di scienze alla prima ora, non posso saltarla!» Sono disperata.

«E allora corri!» mi grida Tom.

Svogliata, inizio a camminare più veloce che posso, mentre lui mi viene dietro.

Arrivati al momento di separarci, prima di attraversare per andare alla sua scuola, Tom si ferma.

«Che fai dopo scuola?» mi chiede.

«Olimpia.»

«Dovete parlare delle vostre cose da donne o posso unirmi?» Se la ride.

«Stiamo parlando di Olimpia. Ha sempre le sue cose da

donna di Internet di cui parlare, ma sono sicura che puoi unirti.»

Ridiamo.

«Avvisala di cucinare anche per me, che altrimenti le svuoto il frigo!» urla mentre si allontana.

Sorrido.

Devono proprio mettersi insieme.

6

Mi volto verso la scuola, guardo l'orologio e affretto il passo per evitare di arrivare tardi anche questa volta.

Varco la porta della classe esattamente sette secondi prima del suono della campanella.

Prima che possa rendermene conto è già ora dell'intervallo.

La verifica di scienze è andata abbastanza bene, quindi decido di premiarmi con qualcosa di schifoso alle macchinette.

Esco dalla classe giocherellando con le monetine che ho in mano e vado a sbattere contro qualcuno, facendole cadere tutte per terra.

Prima di pensare alle monetine alzo lo sguardo per scusarmi con il povero malcapitato e mi sembra di avere un'allucinazione.

Non posso crederci.

Sembra un film.

Samuele mi guarda sorridente e poi si affretta a raccogliere le mie monetine.

«Scusami tanto» farfuglia.

Non so che cosa dire.

Devo essere rossa come un peperone, ripenso a poche ore fa sull'autobus e vorrei sotterrarmi.

Lui si sistema i capelli, chiaramente in difficoltà, e intanto continua a fissarmi.

Prendo un bel respiro e decido di provare a non essere scorbutica, una volta tanto.

«Non preoccuparti, è colpa mia» mi esce soltanto un filo di voce.

Oddio.

È una delle cose più carine che abbia mai detto a uno sconosciuto, credo.

Mi sento assolutamente meglio.

Forse Olimpia non ha tutti i torti.

Lui mi congeda con un sorriso e si allontana.

Non è stato così male.

Mi dirigo verso la macchinetta complimentandomi con me stessa. Con lo sguardo verso il basso sorrido senza accorgermene, tanto che la professoressa di scienze si ferma a chiedermi il motivo della mia felicità.

«Sono stata carina! Per una volta!» rispondo senza pensare.

Lei mi sorride e si allontana un po' perplessa.

Appena esco da scuola mi siedo sulla panchina dove ci troviamo sempre io e Tom quando dobbiamo andare da Olimpia. Osservo la massa di persone che esce contemporaneamente dalle due scuole sotto una pioggia quasi impercettibile, ma fastidiosissima.

Lo vedo da lontano. Tom è in mezzo ai ragazzi più grandi che frequenta lui. Non fanno nemmeno tempo a uscire da scuola che già si sono accesi una canna. La osservano tutti come fosse oro, Tom compreso.

Non capisco e forse non capirò mai la necessità che hanno di fumare subito fuori da scuola per poi tornare a casa rimbambiti.

Vedo che la passano a Tom, lui la prende tra l'indice e il

medio e aspira forte. Tiene il fumo dentro qualche secondo e poi lo butta fuori tutto insieme.

La cosa mi dà un po' fastidio, anzi molto fastidio, e lui lo sa. Spero che non faccia un altro tiro, perché poi dovrei sopportarlo a dire cavolate per tutto il pomeriggio.

Per fortuna passa la canna a qualcun altro, saluta i suoi amici e si volta verso la panchina.

Quando mi vede sorride, mi fa cenno con la mano e inizia a camminare deciso nella mia direzione.

«Ciao scema, com'è andata oggi?» chiede con un gran sorriso.

«Bene» rispondo secca, mi alzo e mi avvicino alla fermata dell'autobus.

«Signorina permalosa, qual è il problema di oggi? Chi l'ha fatta arrabbiare? Devo intervenire?» fa lo spiritoso lui sedendosi sulla panchina.

«Andiamo, che Olimpia ci aspetta, facciamo tardi.» Lo prendo per un braccio per farlo alzare in piedi.

«Meg» mi rimprovera tirando via il braccio e obbligandomi a voltarmi verso di lui.

«Sono io» rispondo guardando in basso.

«Mi spieghi cosa c'è?» Sembra preoccupato.

«C'è che dobbiamo andare.»

«Ti conosco da quando nemmeno mi ricordo di conoscerti. Secondo te adesso ti credo se mi dici che ti comporti così perché siamo in ritardo?» Mi fissa dritto negli occhi.

«Senti, lo sai benissimo. Mi danno fastidio quei tuoi amici grandi con cui fai cose che non dovresti fare, ok?» sbotto alla fine.

«Ma sei seria? Di nuovo?» mi chiede pieno di rabbia.

«Mi sento come se fossi la tua sorella maggiore, e vederti fumare canne subito dopo scuola, se permetti, non mi fa piacere. Mi sento responsabile» cerco di spiegargli, ma la sua espressione continua a essere molto dura.

«Tu *non sei* la mia sorella maggiore e non devi permetterti di giudicarmi per questo. Faccio quello che voglio. Pensavo che ne avessimo già parlato.»

«Cerco solo di farti capire che...»

Ma lui mi interrompe.

«Ho la testa per capirlo da solo, so controllarmi, conosco i miei limiti, non ho bisogno di te. Grazie.» Si volta bruscamente e cammina dal lato opposto.

«Dove cavolo vai? Dobbiamo andare da Olimpia!»

«Ci vai da sola da Olimpia. A me piace uscire con le mie amiche, non con mia madre che mi dice cosa devo o non devo fare. Ciao.»

Sono furiosa. Come si permette di trattarmi così? Cerco solo di aiutarlo.

E sono pure in *quel* periodo del mese.

Il periodo fastidioso e tragicomico che le donne sono costrette ad affrontare dodici volte l'anno per la maggior parte della loro vita.

Quando tutto va male, tutto è sbagliato, la faccia si riempie di brufoli, la pancia si gonfia, i capelli diventano ingestibili e orrendi e, qualsiasi capo d'abbigliamento una donna si provi, le sembrerà sempre di essere un sacco di patate che cammina.

Il periodo dei NO urlati troppo ad alta voce, dei «lasciami da sola, ma stammi affianco», dei «vattene, ma in realtà non andartene», dei «ti odio adesso, ma tra un secondo ti amo».

La settimana in cui si ha sempre fame e ci si sente in colpa per aver mangiato, un momento si ride e l'altro si piange.

La perenne ansia di essere sporche, di fare figuracce, il fastidio verso tutto e tutti e l'essere irascibile sempre e comunque a proposito di ogni cosa.

Il tutto accompagnato da un urtante e perenne male alla pancia, a volte più forte, a volte sopportabile, e dai sorrisini finti sfoderati per evitare di ammazzare qualcuno.

Insomma, mi viene da piangere.

M'infilo le cuffiette e raggiungo in fretta la fermata dell'autobus.

Poco dopo arrivo a casa di Olimpia.

«Certo che siete sempre i soliti» esordisce lei appena apre la porta. La mia faccia arrabbiata non lascia dubbi.

«E... aspetta, aspetta, aspetta, hai i jeans, e sei truccata?! Quasi mi viene da piangere, sei un incanto.»

«Deve smetterla di fumare fuori da scuola.» Incrocio le braccia.

«Lo sai com'è fatto, ma non è mica stupido. Sa controllarsi, non devi preoccuparti» mi rassicura prendendomi le mani.

Mi tolgo la giacca, la appendo e mi dirigo verso la cucina.

Tom, ovviamente, è già seduto al tavolo e non ci ha neanche aspettato per iniziare a mangiare.

7

«Mi devi spiegare come cavolo fai ad arrivare prima di me ogni volta» borbotto.

«Il trucco è non stare le ore ad aspettare l'autobus e camminare, genio» mi provoca lui.

Olimpia entra in cucina e si siede a tavola.

Decido di non ribattere e inizio a mangiare.

«Insomma, sei andata a scusarti con Samuele per la tua freddezza?» Forse Olimpia pensa di rendere la situazione meno tesa.

«Ovviamente no, è troppo imbranata con le persone nuove per riuscirci» sbotta Tom.

«Tu come sai di Samuele?» gli domanda Olimpia incuriosita.

«Stamattina l'abbiamo incrociato sull'autobus» lo anticipo io, «ma ti racconto dopo. Comunque, Mister Simpatia, ho intenzione di andare a scusarmi presto, se lo vuoi sapere.»

«Seeh, voglio vedere» fa Tom continuando a mangiare i buonissimi spaghetti di Olimpia.

Quando parla a bocca piena Tom m'infastidisce ancora di più.

«Piuttosto tu, che cosa mi volevi dire di così folle ieri?» mi rivolgo a Olimpia.

Passa la mezz'ora successiva a raccontarci di Max.

Max ha trentatré anni. L'ha conosciuto online un mese fa. Chattano un sacco.

Olimpia dice che è bellissimo, dolcissimo, che la capisce come nessun ragazzo mai, che è intelligente, che hanno moltissimi interessi comuni e che vorrebbe tanto conoscerlo di persona.

Io e Tom ci troviamo – stranamente – d'accordo sul fatto che non sia una grande idea, ma Olimpia non è facile da smuovere, quindi i nostri tentativi di farle capire che dovrebbe stare attenta sono inutili.

«Ha quindici anni in più di te, mi sembra eccessivo» la mette in guardia Tom.

«L'età non conta! Ci troviamo in totale sintonia e passiamo le ore a parlare di notte su WhatsApp!» ripete Olimpia per la settecentesima volta.

«Non ti lascerò uscire da sola con un trentenne» la avverto.

«Terrò il telefono vicino e al primo problema digiterò il tuo numero senza esitare!» mi implora lei.

«Oppure potremmo seguirti» propone Tom continuando imperterrito a parlare con la bocca piena di spaghetti.

«Non esiste! E se vi scopre? Che figura da bambina ci faccio?» si lamenta Olimpia.

«Come fa a scoprirci? Ci sediamo vicino a voi e facciamo finta di essere una coppia.»

Per poco non mi vanno di traverso tutti gli spaghetti.

«Io e te una coppia?» Mi viene da ridere. «È fuori discussione. Io non ti tengo per mano.»

«Dio mio Meg, cercavo solo di aiutarla» borbotta Tom, un po' stizzito.

«Secondo me non è una buona idea uscire con questo tizio, punto» insisto con Olimpia, invano.

So che i nostri tentativi sono totalmente inutili. Quando Olimpia si mette in testa una cosa, non esiste che qualcuno riesca a farle cambiare idea. Anzi, di solito è lei che, non si sa come, riesce a far cambiare idea agli altri.

Passiamo le ore successive a guardare un film noioso alla TV, sdraiati sul comodissimo divano di Olimpia.

Io mi ritrovo in mezzo, sdraiata su Olimpia e con le gambe di Tom sulla pancia.

Quando il film finisce Olimpia sta dormendo. Decidiamo di non svegliarla, perché ancora non si sente bene.

Ci alziamo con delicatezza, le rimbocchiamo la coperta e le lasciamo un bigliettino di fianco alla guancia rosea appoggiata sul cuscino.

Ci infiliamo le giacche e, senza rivolgerci la parola, usciamo da casa sua.

Alla fermata dell'autobus leggo che mancano dieci minuti al suo arrivo. Lascio cadere il mio corpo sulla panchina vuota e mi volto verso Tom che, invece, rimane in piedi.

Il suo sguardo tradisce ancora un po' di rabbia per quello che ci siamo detti dopo la scuola.

«Finiscila» dico. È un ordine.

«Di fare cosa?» In faccia ha stampato il suo sorriso provocatorio.

«Di fissarmi in quel modo. Lo sai che non ti chiederò scusa.» Lo guardo dritto negli occhi.

«Non pretendo scuse, solo credo che dovremmo davvero seguire Olimpia quando deciderà di incontrare Max.»

«Già. Ho tanta paura che possa mettersi nei guai. Sicuramente io devo imparare a fidarmi di più delle persone, ma lei si fida troppo.»

Annuisce. «Proprio perché siamo i suoi migliori amici dobbiamo aiutarla. Tu scopri quando usciranno e, senza dirle niente, la seguiremo.»

«Se ci scopre ci ammazza, ma hai ragione, dobbiamo farlo per il suo bene. Sono sicura che capirà.»

Siamo d'accordo.

L'autobus si fa attendere per un tempo che sembra interminabile e ho le mani congelate. Quando arriva trovo un posto a sedere.

Tom, come al solito, resta in piedi.

Litighiamo fino a casa mia, perché sostiene che non andrò mai da Samuele a scusarmi. Quando entriamo decido che non lo sopporto più. Mi chiudo in camera, mentre lui si mette sul divano a giocare col cellulare.

8

Mi sveglia Tom, buttandomi un cuscino addosso.

All'inizio non capisco. Allungo una mano per prendere il telefono: sono le 7.02.

«Ma cos...?» farfuglio tirando su il mio corpo pesante.

«Ieri ti sei addormentata» m'informa lui con la sua solita espressione furba.

«E tu cosa ci fai qui?» gli chiedo ancora confusa e assonnata.

«I miei genitori erano fuori fino a tardi per lavoro e mi sono dimenticato le chiavi, quindi tua mamma ha detto che potevo dormire sul divano.»

L'unica reazione che riesco ad avere a quest'ora del mattino è borbottare. Quindi, mentre borbotto, sollevo a fatica il mio corpo ancora addormentato e mi trascino verso il bagno.

Il trucco di ieri è tutto sbavato e disegna un mostruoso cerchio nero intorno ai miei occhi, così faccio del mio meglio per toglierlo e poi mi lavo i denti.

Mi preparo abbastanza in fretta, ma decido di truccarmi anche oggi e mi metto di nuovo dei jeans.

Io e Tom usciamo prima del solito e per colazione ci compriamo una brioche dal panettiere di fianco alla fermata.

Arriviamo a scuola in anticipo, allora decido di scrivere un messaggio a Olimpia prima di entrare in classe.

> Quando hai intenzione di guarire? La scuola è uno strazio senza di te.

Non faccio in tempo a rimettere il telefono in tasca che già lo sento squillare.

> Ti sto aspettando in classe. Muoviti che il professore di ginnastica è arrivato in anticipo oggi.

Ginnastica? Guardo il mio telefono e mi rendo conto che è mercoledì e, ovviamente, proprio oggi ho i jeans. E nessun cambio.

Salgo di corsa in classe. Quando entro, senza nemmeno darmi il benvenuto, il professore mi rimprovera per aver «dimenticato il materiale didattico». Poi segna il tutto sul suo registro.

Mi scuso senza dare troppo peso alla cosa e mi siedo di fianco a Olimpia.

«Non posso credere che tu ti sia messa di nuovo i jeans e ti sia persino truccata. Inizio a pensare che tu mi nasconda qualcosa!» sussurra.

«Non è affatto così, sto solo cercando di prendermi cura di me stessa!» le rispondo, un po' troppo ad alta voce per farmi sentire solo da lei.

«Ottima cosa, prendersi cura di se stessi!» esclama il professore richiamando l'attenzione dell'intera classe su di me. «La prossima volta, magari, non prenderti cura di te stessa proprio quando abbiamo educazione fisica. Grazie» aggiunge con un tono molto irritante.

«Mi scusi ancora» rispondo guardando in basso, e sento i risolini delle mie acide compagne di classe.

«Io credo che invece di biasimarla se, per una volta in tutto l'anno, ha messo i jeans durante l'ora di ginnastica, dovremmo complimentarci con lei!» esclama Olimpia all'improvviso.

Perché deve sempre attirare l'attenzione di tutti per difendermi? Stavo bene lo stesso.

«Olimpia, ti prego» le bisbiglio, cercando di fermarla.

Il professore la guarda attonito per qualche secondo poi, fingendo di non aver sentito, fa cenno alla classe di seguirlo giù in palestra.

«Quante volte devo dirti che non c'è bisogno che tu mi difenda?» rimprovero Olimpia appena il prof si volta.

«Scusa, è che sono davvero troppo felice per te, davvero!» Sorride così entusiasta che quasi mi convince.

Sto per risponderle, quando intravedo Samuele in fondo al corridoio. Improvvisamente mi sento osservata.

«Dici che devo andarmi a scusare adesso per le situazioni imbarazzanti degli ultimi giorni?» mormoro nell'orecchio della mia amica, indicandole Samuele. Ci ha visto e ci saluta.

«Chi sei tu e che cosa hai fatto alla mia amica Meg?!» ride lei senza che lui ci possa sentire, poi rivolta a me: «Fai come ti senti, anche se forse adesso ti conviene seguire il professore. Magari durante l'intervallo».

Ha sicuramente ragione.

Cerco Samuele con lo sguardo e provo a fargli capire a gesti che «ci vediamo dopo» ma ovviamente fallisco e lui, davanti a tutta la mia classe, si avvicina per chiedere spiegazioni.

Oh no.

Che cosa ho appena fatto?

La mia è una malcapitata classe di sole femmine e questo significa che il livello di pettegolezzo per qualsiasi vicenda è amplificato al quadrato rispetto a qualsiasi normale classe mista.

Noto già alcune delle mie compagne che fissano Samuele, mentre lui viene nella mia direzione.

Goffamente cerco di fargli capire, sempre a gesti, che è meglio se non si avvicina, ma lo confondo ancora di più.

E così anche chi ancora non l'aveva notato ora l'ha fatto.
«Quant'è carino» sento commentare da dietro.
«Ma secondo voi viene verso di noi?»
«Sì, mi sta chiaramente fissando.»
«Ma cosa dici? Al limite fissa me.»
Samuele si avvicina sempre di più e io sono sempre più nel panico.
Mi volto verso Olimpia chiedendole aiuto con lo sguardo. Per fortuna lei sembra aver capito.
Si avvia verso di lui e gli sussurra qualcosa all'orecchio.
Lui le sorride e si gira dall'altra parte, iniziando a camminare nel senso opposto.
Meno male che c'è lei.
La osservo mentre ritorna tutta fiera verso di me.
«Grazie» le sussurro prima che possa essere assalita dalle domande delle nostre oche-compagne-di-classe, incuriosite come non mai.
«Olimpia, ma conosci quello nuovo?»
«Non ci credo! Sono sicura che tra voi c'è qualcosa!»
«Quando ce lo presenti? Non vorrai mica tenertelo tutto per te!»
«Oh mamma, quanto è figo!»
Come sempre, Olimpia fa la misteriosa e, non si sa come, riesce ad allontanarle senza dare spiegazioni.
Trascorro l'ora di ginnastica in punizione ai lati della palestra e le successive due ore di italiano a scarabocchiare sulle pagine del mio diario.
Finalmente arriva l'intervallo, il momento di andare a scusarmi con Samuele.
Mi alzo di scatto dalla sedia, ma Olimpia mi ferma.
«Dove vai senza di me?» mi chiede tenendomi per un braccio.
«A parlare con Samuele.»
«Non se ne parla neanche, Samuele lo vedi dopo.»

«Dopo? Ma gli avevo detto ch...» cerco di spiegare, ma vengo interrotta.

«Vi vedete dopo scuola al bar qui davanti» mi informa, perentoria.

«Che cosa? Dovrei invitarlo a pranzo? Va bene essere carini, ma questo mi sembra davvero troppo!» Sono sbalordita.

«Non devi invitarlo proprio da nessuna parte, ci ho pensato io» ammette lei.

«Spero che tu stia scherzando!» Ora sì che sono confusa.

«È sempre un piacere dare una mano a un'amica.» Olimpia mi sorride e si avvia verso la porta della classe.

«Olimpia, non ci andrò a pranzo! Lo sai, vero?» le urlo affacciandomi alla porta.

«Ah no?» pronuncia una voce calda e maschile che proviene dalla mia destra.

Oh no.

Samuele mi guarda, un po' imbarazzato.

«NO! Nel senso sì, cioè non ci andrò a pranzo con mia nonna oggi, p-perché a quanto pare devo... pranzare con te?» Non riesco a credere alle parole che ho appena sentito uscire dalla mia bocca.

«Ok, mi hai convinto, tua nonna può aspettare. Ma domani devi andarci perché lo sai che ci tiene!» interviene Olimpia reggendomi il gioco e fingendo di rimproverarmi.

«E va bene, ci andrò domani dalla nonna.»

«Allora ci vediamo all'una qui fuori? Pensavo di pranzare al bar che c'è di fianco alla scuola, il Thanks Mama» fa Samuele guardandomi negli occhi.

«Ah, peccato, noi abbiamo sei ore oggi. Esco alle due» dico in tono lamentoso, in realtà felicissima di poter evitare il pranzo con lui.

«Non è un problema. Ti aspetto un'ora. A dopo!» mi sorride e si volta.

Fantastico.

«Olimpia, questa me la paghi!» ringhio cercando di non alzare troppo la voce.

«Un giorno mi ringrazierai» mi sorride.

9

Esco da scuola ancora incredula di quello che sto per fare.

Sto davvero per andare a pranzo con un ragazzo che non conoscevo prima dell'altroieri? Davvero non-da-me.

Non vedendo Samuele davanti a scuola decido di dirigermi verso il Thanks Mama, che sta proprio a due passi dalla scuola di Tom.

Quando entro lo individuo seduto a un tavolo, intento a superare un livello di qualche strano giochino con il suo smartphone.

Indecisa su come affrontarlo, decido di avvicinarmi senza dire niente, sperando che mi noti lui per primo.

Sono quasi arrivata al tavolo, quando lui si accorge della mia presenza e alza la testa.

«Eccoti.» Mi sorride.

«Eccomi» ripeto.

«Quindi cosa vuoi mangiare? Fanno dei panini buonissimi, vuoi dare un'occhiata al menu?» chiede lui.

«No, ci vengo spesso con Tom qui, prendo un toast» rispondo mentre mi siedo.

«Ok, se piace a te lo prenderò anche io, vado a ordinare al banco.» Si alza e si allontana.

Che cosa imbarazzante.

Non credevo che conoscere persone nuove fosse così difficile.

Non sapendo come comportarmi, mi osservo i pollici mentre aspetto che torni.

«Qual buon vento la porta qui, signorina?» sento una voce dietro di me e delle mani che mi tappano gli occhi.

Questa non ci voleva, renderà tutto molto più difficile.

«Ehi» sorrido nervosa a Tom e lui, senza indugiare, si siede di fronte a me, al posto di Samuele.

«Mangi da sola?» mi chiede curioso.

«In realtà...» inizio a spiegare, ma Samuele compare sulla mia destra.

«Ho ordinato, saranno pronti tra qualche minuto. Vuoi qualcosa da bere?» mi chiede gentilmente, poi si accorge di Tom.

«Bella» gli dice battendogli il cinque.

Tom mi guarda incredulo e capisco dalla sua faccia che sta per scoppiare a ridere.

Io lo fulmino con lo sguardo e cerco di fargli capire che forse è meglio se si alza.

Intanto, per guadagnare tempo, mi volto verso Samuele.

«Sì, un'acqua frizzante per favore.» Gli sorrido sperando di non essere stata troppo sfacciata.

«Torno subito» mi risponde e si dirige verso il frigorifero delle bibite.

«Quindi ti piace?!» scherza Tom.

«Ti ho detto di no, ti prego smettila, è tutta colpa di Olimpia. Io non volevo fare niente. Ti prego, però: adesso alzati. Ti chiamo dopo» gli dico con un filo di voce.

«Ci sono un paio di miei amici qui fuori. Ti aspetto, così torniamo a casa insieme e mi racconti del tuo pranzetto romantico» se la ghigna.

«Come ti pare. Adesso però vai, che la situazione ci pensa da sola a essere imbarazzante. Manchi solo tu.»

Senza dire niente, si alza e vedo che prima di uscire si avvicina a Samuele.

Maledizione.

Cosa vorrà fare?

Gli dice qualcosa che non riesco a sentire. Samuele annuisce e gli sorride.

Poi, senza nemmeno voltarsi a salutarmi, Tom esce dal bar mentre Samuele ritorna al tavolo.

«Ecco la tua acqua.»

«Grazie mille.» Gli sorrido.

La mia curiosità di sapere cosa gli ha detto Tom aumenta ogni secondo che passa, ma ho paura di creare imbarazzo, così decido di evitare e di affrontare il discorso Meg-chiede-scusa-a-Samuele.

«Senti» comincio, «in realtà questo pranzo è la solita esagerazione di Olimpia. Io volevo soltanto scusarmi, perché forse ti sono sembrata una persona fredda e un po' stronza, ma sono fatta così. Non riesco ad avere a che fare con le persone nuove. Ho una specie di blocco che mi fa apparire antipatica.»

Non posso credere di averlo detto davvero, ma mi complimento con me stessa per le parole appena uscite dalla mia bocca mentre guardo Samuele che mi sorride.

Perché sorride sempre?

«Non preoccuparti, immaginavo. In realtà ho chiesto io a Olimpia di invitarti a pranzo, nel senso... da parte mia. Te l'avrei chiesto di persona, ma a quanto pare la situazione era quella sbagliata» confessa lui, sempre sorridendo.

Che vergogna.

Mi fissa con i suoi occhi incredibilmente verdi in attesa di una risposta.

«Oh...» è l'unico suono che mi esce dalla bocca.

Oh? OH?

Meg, ti prego, di' qualcosa di più.

«Be', ti ringrazio allora.»

Sono una frana, ma lui sembra apprezzare la mia risposta e ride.

«Sei proprio buffa, ma una che legge un libro come il tuo non può non essere una bella persona» mi confessa.

«Quindi hai deciso di invitarmi a pranzo per il libro che stavo leggendo?» gli chiedo divertita.

«Un libro dice sempre tanto sulla persona che lo sta leggendo, soprattutto se lo legge concentrata come stavi facendo tu.»

Dài, questo Samuele non è poi così male.

Quando arrivano i toast ci stiamo raccontando degli aneddoti, estratti a caso dalle nostre vite.

Lui ha diciannove anni e frequenta il quinto anno di liceo. Io ne ho diciotto e frequento il quarto. Legge molto, suona la chitarra e gioca a baseball da anni (cosa abbastanza rara qui in Italia). È figlio unico e viveva in un'altra regione con sua madre, ma da poco si è trasferito in centro a casa del padre – motivo per il quale ha cambiato scuola.

Gli parlo un po' della mia famiglia e sembra entusiasta del bel rapporto che abbiamo. Lui coi suoi, mi dice, non va molto d'accordo.

Mi fa abbastanza ridere il suo modo di fare da gentiluomo, sempre cortese e sorridente. Sembra quasi finto.

Ci troviamo in totale accordo sulla simbiosi che entrambi abbiamo con le cuffiette dell'iPod. Mentre ne discutiamo divertiti noto che gli brillano gli occhi se si parla di musica.

È davvero una bella persona. Più parliamo, più l'imbarazzo che c'era all'inizio diminuisce.

«Senti, e questo Tom è il tuo ex ragazzo o qualcosa del genere?» mi chiede a un certo punto, interrompendo di colpo tutta l'armonia della nostra conversazione.

Lo guardo sbigottita e quasi mi strozzo con il pezzetto di toast che stavo masticando.

«Mi dispiace se ho fatto una domanda che non dovevo fare» si scusa subito lui.

«No! Assolutamente, tranquillo è... tutto a posto, solo... mi sorprende il fatto che tu possa pensarlo...» farfuglio imbarazzata ripensando a Tom che gli parla poco prima di uscire dal bar.

«Dovrò essermi sbagliato, allora. Andiamo?»

«Sì, direi di sì.»

Quel poco che avanza del toast non mi va più.

L'imbarazzo che prima era sparito ora è tornato e l'armonia che si era creata è completamente svanita.

Discutiamo un po', perché lui vorrebbe offrirmi il pranzo, ma la sola idea mi dà incredibilmente fastidio. Quando lo convinco a fare a metà prende la mia parte dei soldi e va al bancone a pagare.

Io inizio a mettermi la giacca, il cappellino e lo zaino in spalla e lo aspetto davanti alla porta. Quando anche lui è pronto usciamo insieme al freddo.

«Odio il freddo» si lamenta stringendosi nella giacca.

«A chi lo dici.» Guardo le mie Nike nere, che il caldo proprio non lo tengono.

«Ti accompagno a casa?»

«È molto gentile da parte tua, ma torno con...» Rimango bloccata.

Non posso credere ai miei occhi.

10

«Con?» chiede Samuele stranito.

«Aspetta un attimo» gli rispondo voltandomi alla ricerca di Tom.

Lo vedo seduto su una panchina, poco distante da me, mentre ride con qualche suo amico che non ho mai visto prima.

Mi affretto a raggiungerlo e lo faccio alzare più in fretta che posso, cercando di non sembrare scortese con gli altri.

«Vedi anche tu quello che vedo io?» gli chiedo incredula indicandogli Olimpia che, in fondo alla strada, si sbaciucchia con un ragazzo.

«Oh cazzo» esclama lui.

Nel frattempo Samuele si avvicina a noi con aria preoccupata.

«Tutto a posto?» domanda.

«Ah, quasi mi scordavo di te, com'è andato il pranzo?» gli fa Tom con tono scortese. È troppo scosso da quello che sta facendo Olimpia.

«Tom!»

Lui mi lancia uno sguardo furioso e posso giurare che stia per fare qualcosa di sbagliato.

«Fermati. Pensiamoci prima, non sappiamo nemmeno se è *lui*» cerco di calmarlo, ma Tom sembra deciso a intervenire.

«Certo che è *lui*, lo vedo da qui quel viscido trentatreenne.»

«Ma di cosa state parlando?» s'intromette Samuele.

«Senti, sei stato davvero carino a pranzo, ma ora è meglio se vai. Ci vediamo domani!» lo congedo di fretta, mentre inseguo Tom che sta già correndo verso Olimpia. «Scusami! Ti spiegherò tutto!»

So che sono stata di nuovo maleducata con Samuele, ma adesso devo correre via.

Lui non dice niente, ma sono troppo occupata a cercare di fermare Tom per rendermene conto.

«Tom!» urlo mettendomi davanti a lui.

«Che schifo, ha trentatré anni e se la fa con una che non ne ha ancora diciotto. Non ho parole.» Sprezzante, sputa per terra.

«Cosa c'entra la sua età adesso, non vedi come sembra felice lei?»

Olimpia pare davvero più affiatata che mai con questo tizio, anche se essendo ancora molto distanti non li vedo così bene.

Lui non mi risponde, ma sembra più calmo adesso.

Infila le mani in tasca e tira fuori una sigaretta.

Lo lascio fare. Conoscendolo, ho paura di quello che potrebbe combinare se gli chiedo di non fumare.

È un ragazzo molto dolce, finché non si tratta di cose che gli danno fastidio.

Certe volte Tom esagera proprio, non sa contenere la sua rabbia, e quando qualcosa lo urta non ci vede più. Si trasforma.

«Se non ci fossi stata tu a fermarmi a quest'ora sarebbe morto.» Nella sua voce c'è qualcosa di tenero.

«E allora meno male che sono qui, giusto?» Gli sorrido.

Lui fa un altro tiro dalla sua sigaretta e continua a fissarmi.

Ora mi fa quasi paura.

Lo osservo immobile mentre tira fuori il telefono, digita il numero di Olimpia e mette il vivavoce.

Ci voltiamo entrambi a fissare la coppia che si bacia affettuosamente, a circa cento metri di distanza da noi. Aspettiamo che Olimpia risponda al cellulare.

«Hai appena interrotto la scena più bella del film, spero sia importante.»

«Mi spieghi come cazzo fai a parlare al telefono mentre baci quello schifoso?» Tom è davvero su di giri.

«Baciare chi? L'unica cosa che sto baciando adesso è il cucchiaio pieno di Nutella. Tom, cosa stai dicendo?»

Io e Tom ci guardiamo increduli. Poi ci voltiamo di nuovo verso la coppia, che continua a sbaciucchiarsi imperterrita.

«Mi prendi in giro?» ribatte Tom mentre ci avviciniamo. «Sono di fronte a te.»

«Be', a meno che tu non ti sia travestito da Johnny Depp per recitare nel film che sto guardando, mi sa che ti sbagli. Se sei tu, però, sei veramente un figo!» ridacchia Olimpia dal vivavoce.

Siamo sempre più vicini alla coppietta, quando finalmente ci rendiamo conto che la ragazza, difatti, non è Olimpia.

Tutti e due scoppiamo in una risata.

«Ma sei con Meg? Mi spiegate che cosa state combinando? Avete fumato?»

«Passiamo da casa tua, così ti raccontiamo.»

Lei si lamenta perché vorrebbe vedere tutto il film, ma alla fine, come sempre, cede e attacca il telefono. Io proprio non riesco a smettere di ridere.

«Sei cieca per caso?» Anche Tom è in preda a un attacco di ridarella.

«Ti giuro che è troppo uguale a Olimpia da lontano» ribatto io. «Pure tu lo pensavi.»

Che scemi.

Io e Tom restiamo da Olimpia gran parte del pomeriggio e passiamo le ore a parlare della ragazza che avevamo scambiato per lei.

Quando Tom decide che è arrivata l'ora di andare a casa a studiare qualcosa, io e Olimpia iniziamo i compiti di matematica.

«Senti, ma...» Mi si avvicina con la curiosità negli occhi. «Con Samuele com'è andata?»

«Bene, credo» sono le uniche sillabe che riesco a farfugliare.

«Credi? Dài, raccontami per bene!» Olimpia non si arrende, mai.

Le racconto dell'imbarazzo iniziale, di Tom che s'intromette (però ometto che gli è andato a parlare, per evitare che la curiosità di Olimpia susciti altro imbarazzo), dell'armonia che si era creata e di come lui l'ha distrutta in pochi secondi con una semplice domanda.

«Fammi capire: ti ha chiesto se Tom è il tuo ex ragazzo?» Olimpia non può credere alle sue orecchie. «Ma ce la fa?!» urla indignata, alzandosi con un balzo.

«Sì, ho avuto la stessa reazione anch'io. Non capisco come possa essergli venuto in mente» rispondo tranquilla.

«Effettivamente un rapporto come quello che avete tu e Tom è strano, quindi posso capire i suoi dubbi. Mi sorprende più che altro la sfacciataggine, cioè proprio così? Dal nulla?» Tiene gli occhi spalancati, incredula.

«Sì, dal nulla.»

«Proprio strani questi maschi!» conclude.

Osservo un po' divertita e un po' ammirata il raggio di sole appena entrato dalla finestra, che fa sembrare i capelli di Olimpia incredibilmente rossi.

«A proposito di maschi» attacca lei, «io voglio davvero uscirci con Max. Una possibilità dovrò pur dargliela, non credi?» chiede speranzosa.

«Sì, però Tom ha ragione a preoccuparsi tanto. Oggi, quando pensava che lo stessi baciando, ha davvero dato di matto. Secondo me dovresti permetterci di seguirti.» M'impegno moltissimo per assumere un'espressione seriosa e responsabile, per metterla in guardia.

«Se mi scoprisse rovinerei tutto facendo la figura della bambina, capito?» La solita scusa, con il solito tono lamentoso.

«Potremmo uscire tutti insieme, da amici. È una proposta matura, un'uscita in gruppo. Sono sicura che quando Tom lo conoscerà e vedrà che è uno a posto ti lascerà vivere in pace.»

«Non è una cattiva idea, provo a buttargliela lì e vedo come reagisce. Se non vuole perché si sente in imbarazzo, potresti non dire niente a Tom e farmici uscire una volta sola?» Mi sta implorando, adesso.

«Non te lo prometto, ma posso pensarci.» Mi concentro per mantenere la mia faccia burbera, ma mi viene da sorridere.

«Grazie, grazie, grazie!» grida lei, quasi mettendosi a saltellare.

E incredibile quanto si possa sembrare stupidi quando viene una cotta per una persona che non si ha nemmeno mai visto. È proprio qualcosa che non riesco a concepire, però Olimpia ha sempre avuto le sue stranezze e non vorrei metterle i bastoni tra le ruote.

Mentre penso a come convincerla ad aspettare ancora almeno un po' prima di uscire con questo tizio, sento il mio telefono vibrare nella tasca.

Lo tiro fuori e c'è un nuovo messaggio ricevuto su Facebook.

11

> Non ti obbligherò a spiegarmi perché oggi sei scappata via così di fretta, anche se sono molto curioso, ma almeno la richiesta d'amicizia potresti accettarmela. Non mordo. ;)

Sorrido per quanto è buffo, e forse un po' sfacciato, questo messaggio. Ovviamente, Olimpia-la-curiosona mi chiede subito spiegazioni.

«È un messaggio di Samuele.»

«UN MESSAGGIO??» esclama esaltata.

«Perché ti agiti tanto, è solo un messaggio.»

«Non è *solo* un messaggio. È *un messaggio*!» strilla ancora più forte. «Che cosa dice? Fammelo leggere.»

Le passo gentilmente il telefono e lei me lo strappa con violenza dalle mani.

«Mi sciolgo» sussurra portandoselo al petto.

«Mi ha chiesto di accettargli la richiesta di amicizia, in modo ridicolo e pure un po' spudorato. Cosa c'è da sciogliersi?» La sua reazione comincia a divertirmi.

Olimpia dà moltissima importanza a queste cose ed è un vero spasso quando lo fa. Internet, i social network, i messaggi. Sembra che le interessi di più una richiesta di amicizia su Facebook che un abbraccio dal vivo, quando si tratta di ragazzi.

«Dobbiamo pensare bene a cosa rispondergli!» Scalpita all'idea di passare la prossima ora a fare strategie.

«Veramente non ho intenzione di rispondergli. Accetterò la sua richiesta di amicizia e basta.» Io, invece, non scalpito per niente.

«Così mi piaci, fredda e distaccata. Ottima tattica!» si complimenta.

Scoppio a ridere. «Ma quale tattica? Semplicemente odio i messaggi, sono sicura che con il mio gesto "freddo e distaccato" lo capirà da solo.»

«I ragazzi saranno pure strani, ma tu lo sei di più. Il nostro nuovo, fighissimo, compagno di scuola ti scrive un messaggio e tu nemmeno gli rispondi?» ribatte incredula.

«Non m'interessa niente se è il nostro nuovo, fighissimo, compagno di scuola. Non cambierò il mio modo di fare per lui. E, soprattutto, non ho intenzione di uscirci più. Oggi è stato già abbastanza imbarazzante.»

Lei ride rimproverandomi, di nuovo, per la mia scarsa capacità di comportarmi con gli altri.

E finalmente ci mettiamo sotto con matematica.

A cena volano le risate, perché mio padre cerca di convincerci che i capelli vanno lavati senza shampoo. È la sua nuova mania. Finito di mangiare, torno in camera mia e mi butto sul letto, sfinita.

È stata una lunga giornata.

Ripenso a Tom e a come riusciamo a dimenticarci di essere arrabbiati l'uno con l'altra molto facilmente. Ripenso a Olimpia e al suo modo folle e adorabile di fare. E poi, ripenso all'imbarazzante pranzo con Samuele.

Decido di leggere un po' con la musica nelle orecchie e,

proprio mentre sto per iniziare la mia intensa lettura, mi vibra il telefono.

> Mi ha detto che gli piacciono i 5 Seconds of Summer. Dove lo trovo un altro così?

Sorrido senza volere, pensando alla faccia di Olimpia dopo aver scoperto che alla sua attuale cotta piace la sua band preferita.

> Però al matrimonio invitami. Ed esigo che almeno una delle figlie si chiami Margherita.

Le rispondo e appoggio il telefono sulle gambe, in attesa di una risposta. Olimpia risponde ai messaggi subitissimo, certe volte pure prima che tu sia riuscita a bloccare lo schermo. Sembra che si prepari le risposte in anticipo.

> Promesso. Ora dormo, ci vediamo domani. Notte princess.

Avevo ragione.

Mi ha risposto in meno di quindici secondi.

È una macchina da scrivere.

> Buonanotte Olly.

Poso il telefono. Subito dopo, vibra due volte.

> Domani mattina ci troviamo sull'autobus? T.

> Non si usa più rispondere ai messaggi?

Samuele sta iniziando a urtarmi. Non siamo nemmeno amici e già non mi lascia i miei spazi.

Decido di rispondere prima a Tom, mentre penso a cosa fare con Samuele.

> Prendiamo quello che parte alle 7.49 da casa mia.

Poi apro la chat con Samuele. Decido di guardare il suo profilo, che ancora non ho mai aperto.

Sfoglio le sue foto e mi meraviglio per la quantità di ragazzine che gliele commentano.

Ammetto che ha un sorriso niente male, ma deve lasciarmi stare.

Decido di non rispondergli. Parleremo domani a scuola. ora sono davvero stanca.

E, sinceramente, tutto questo grande amore per WhatsApp e per i messaggini non riesco a capirlo. Non è molto meglio guardare una persona negli occhi? Forse mi sbaglio, ma non ho mai provato alcuna emozione attraverso un messaggio.

Magari non sono mai stata innamorata. Oppure, semplicemente, non sono stata catturata dalla dipendenza da Internet.

12

Salgo sull'autobus ancora assonnata e, come al solito, mi sveglia Tom urlandomi nelle orecchie.

«Buongiorno anche a te, Mister Silenzioso» lo spingo via mentre sono ancora intenta a svegliarmi. «Come sei scontrosa questa mattina. noto che sei ancora truccata però. Questo Samuele comincia a piacerti?» osserva incuriosito.

«Non capisco il motivo per cui stiate tutti giustificando il mio truccarmi come un interesse nei confronti di un'altra persona. Voglio solo prendermi cura di me stessa» spiego con fierezza, assolutamente convinta delle mie parole.

«Continuo a non crederci. A proposito, non mi hai raccontato com'è andata ieri... male, vero?» se la ride di gusto.

«Sono davvero un tale disastro?» brontolo io, sconsolata.

«Un po', ma siamo amici per questo. Ti aiuto io con lui, è un tipo a posto.»

«A proposito di aiuti, che cosa gli hai detto ieri prima di uscire dal bar?» All'improvviso mi sono ricordata di questo dettaglio.

«Cose da maschi» mi fredda lui immediatamente.

Cose da maschi? Mi vuole aiutare o no? Decido di fingere che la cosa non m'interessi, per evitare l'argomento Samuele il più possibile.

«Mmh, ok.»

Prima che Tom possa urlare qualcos'altro arriviamo alla fermata di Olimpia, che entra saltellando allegramente.

«Buongiorno Olimpia, a cosa dobbiamo tutto questo entusiasmo?»

La invidio un po', perché riesce a piroettare di gioia anche la mattina.

«Poco fa mia mamma ha ritrovato una foto troppo carina!»

Ci mostra la foto di un bambino e di una bambina che si tengono per mano in un bosco. Riconosco subito Olimpia e il suo inconfondibile sorriso da streghetta, ma non riesco a capire chi sia il bambino.

«Ma eri dolcissima! Invece, chi è lui?» domando incuriosita.

«Il mio primo fidanzatino: quanto eravamo carini? Ho dato a lui il mio primo bacio, in questo bosco. Il primo bacio più romantico del mondo!» esclama trionfante.

«Non credo» rispondiamo in coro io e Tom mentre ci scappa un sorriso.

Oh no. Ci guardiamo preoccupati appena ci rendiamo conto di quello che abbiamo appena detto.

Olimpia ci scruta, senza riuscire a capire che cosa ci stia passando per la testa.

«Cosa?»

«Niente!» urla Tom.

«Sì, infatti, niente, siete carini, il primo bacio più romantico del mondo» provo a sviare, arrampicandomi sugli specchi.

«So che mi state nascondendo qualcosa, sputate il rospo!» Olimpia è implacabile, quando vuole conoscere un segreto.

«Noi niente, noi... voi! Voi, tu e il tuo fidanzatino, siete carini, molto!» balbetta Tom.

«Ragazzi, confessate immediatamente» ci zittisce Olimpia.

«Dobbiamo scendere!»

Per fortuna mi accorgo che siamo arrivati alla nostra fermata, e mi precipito verso le porte. Tom mi segue di corsa.

Appena scendiamo, cerco di non voltarmi e di camminare direttamente verso la scuola. Vorrei evitare Olimpia, ma a Olimpia non puoi mai nascondere niente.

«Meg, fermati subito. Non esiste. Cosa dovete dirmi?» Si piazza davanti a noi, bloccandoci la strada.

«Niente, siamo in ritardo.» Continuo a camminare e faccio di tutto per evitare il suo sguardo.

«Occhi che guardano in basso, naso arricciato, stai mentendo e lo so troppo bene. Ti conosco da anni, Meg, non pensare di farla franca con me!»

Alla fine scoppio a ridere. È davvero impossibile tenerle nascosto qualcosa.

Tom è rosso in viso per l'imbarazzo e si aggiusta i capelli compulsivamente. Lo guardo, cercando il suo aiuto.

«Glielo dici tu?»

«Ehm... eravamo piccoli...» risponde lui, coprendosi il viso con le mani.

«Non posso crederci.» Olimpia scoppia in una fragorosa risata.

«Sì, ma ora andiamo» taglio corto io.

«Vi siete dati il primo bacio a vicenda e non me l'avete mai detto! Cooosa?»

Ridiamo tutti e tre: Olimpia esaltata per il suo nuovo scoop, io e Tom paonazzi per quello che abbiamo appena confessato.

«Sì, ed è stato anche molto romantico. Ma preferiamo dimenticarlo, avevamo tipo dieci anni» cerco di ridimensionare il fatto, affrettando il passo verso la scuola.

«Vi prego, ditemi più spesso cose come questa. Esilarante. Adoro.»

E adesso chi la ferma più.

In realtà, stiamo in silenzio fino al momento in cui dobbiamo separarci da Tom e attraversare la strada per raggiungere la nostra scuola.

«Ci vediamo dopo!» si congeda lui, tirandoci una bella pacca in testa.

«A dopo, cretino!» gli risponde Olimpia.

Io mi limito a sistemarmi il cappellino che lui mi ha messo fuori posto, scocciata per il suo solito modo di fare da buffone.

«Ma, spiegami meglio, vi siete baciati?» ricomincia Olimpia non appena Tom è abbastanza lontano da non sentirla.

«Sì, eravamo in vacanza da piccoli ed è successo. Nulla di troppo esilarante, direi» provo a frenare il suo entusiasmo, ma invano.

«Invece è esilarante, eccome! E io non ne sapevo niente! Non me lo sarei mai aspettata!»

«Nemmeno io, se devo dire la verità. Da piccoli ci odiavamo un po' di meno.»

Entriamo a scuola con qualche minuto d'anticipo, ma riusciamo ad arrivare in classe in ritardo, perché Olimpia si ferma a salutare anche i muri.

Fuori dalla porta trovo Samuele circondato dalle mie compagne di classe, che non fanno altro che ripetergli quanto sia figo suonare la chitarra e giocare a baseball.

Che schifo.

Decido di abbassare lo sguardo e di dirigermi in classe.

«Meg!»

13

Non ne ho proprio voglia, ma mi giro verso Samuele cercando di ignorare le mie compagne di classe.

«Che c'è?» esclamo.

«Volevo assicurarmi che andasse tutto bene. Ieri non mi hai più risposto!» Il suo sguardo non è infastidito, sembra davvero preoccupato.

«Odio i messaggi. Sto bene» gli dico dirigendomi verso l'interno dell'aula.

Vorrei tanto che Samuele andasse via prima dell'arrivo del professore.

«Dov'è finita la Meg-carina-che-adoravo di ieri?» mi bisbiglia Olimpia all'orecchio, mentre vado verso il mio banco, lasciando Samuele là fuori.

«Non mi va di parlare con lui mentre ci guardano tutti» avrei voglia di sbottare, ma cerco di farlo più silenziosamente che posso. Poi mi siedo e osservo il professore di matematica varcare la soglia della classe.

Evidentemente, però, non ho parlato abbastanza a bassa voce.

«Con chi non le va di parlare, signorina Casati?»

Improvvisamente tutta la classe mi fissa.

Rimango bloccata per qualche secondo senza sapere che cosa fare.

«Questioni private, si tratta di suo padre, iniziamo la lezione?» interviene Olimpia in mia difesa.

Meno male che esiste.

«Grazie» le sussurro.

Lei si limita a sorridermi mentre tira fuori il quaderno dallo zaino.

Passo l'ora successiva a scarabocchiare numeri e lettere senza riuscire a dare loro un senso logico.

Quando suona la campanella mi sembrano passate sette ore. Il professore di matematica, dopo averci riempito di compiti, ci saluta frettolosamente ed esce dalla classe.

«Olimpia, io credo di avere un problema. Non riesco a capire niente!»

Osservo piena di disperazione la massa informe di calcoli sul mio quaderno.

«È facile, è matematico.»

La professoressa di scienze interrompe le mie lamentele. In mano ha le verifiche.

Ci sono professori che hanno bisogno di mesi interi per correggere i compiti in classe, e poi c'è lei, che li riporta appena due giorni dopo.

«Bonicelli, devi recuperare la verifica. Accosta il banco alla cattedra» si rivolge con dolcezza a Olimpia che, senza dire una parola, esegue gli ordini.

Davvero non capisco come riesca a mantenere la calma in ogni situazione e a farsi amare da tutti.

«Casati, puoi venire qui per favore? Iniziamo dalla tua verifica.»

Fantastico.

Mi avvicino alla cattedra spaventata, mentre la professoressa mi scruta con aria di sfida.

«Mi hai sorpreso.»

«Io che cosa?» chiedo incredula.
«Hai dimostrato che sai fare anche qualcosa di buono ogni tanto. Vorrei vedere di più, ma ti ho messo sette.» Mi porge la verifica.
Olimpia mi guarda compiaciuta.
Finalmente qualcosa di positivo!
Mi affretto a tornare al banco per scrivere a mia mamma del bel voto che ho appena preso.
Risponde dopo qualche minuto:

> Ti ci mando più spesso a studiare da Olimpia, allora!

Il resto del tempo che manca all'intervallo passa, stranamente, abbastanza in fretta.
Quando suona la campanella, Olimpia mi trascina di corsa fuori dalla classe e ci perdiamo a salutare un numero infinito di suoi amici in giro per la scuola. Tutta questa gente mi dà noia, perciò decido che voglio un caffè e l'abbandono per mettermi in fila alla macchinetta.
«Ora che non ci sono tutti gli altri possiamo parlare?»
Samuele mi fa sobbalzare mentre infilo le monetine nella fessura.
Vorrei fuggire. La campanella sta suonando e questa dannata macchinetta non si decide a fare il mio caffè.
«Forse è meglio che io vada in classe» gli rispondo fredda.
«Due minuti di ritardo non faranno arrabbiare la tua professoressa. Vorrei capire se ho fatto qualcosa di sbagliato.»
«No, tu no, semplicemente odio i messaggi e tutto quello che riguarda Internet. Non preoccuparti.»
«Quindi è tutto a posto?»
Tento di raggiungere la mia classe, ma lui mi blocca il passaggio. «Tra noi due, intendo» aggiunge dopo un attimo di esitazione.
«Sì, ora però lasciami andare.»

Cerco di spostarlo senza risultato e lui ride.

In questo momento a me, però, non viene da ridere. I miei professori mi odiano già abbastanza, non ci tengo ad arrivare in ritardo in classe.

«Aspetta.»

«Che cosa vuoi?»

«Ti ho preso una cosa.»

«Eh?»

Non mi permette di aggiungere altro e mi porge il libro che tiene in mano. Il nuovo della serie *Shadowhunters*.

Come fa a saperlo?

«Sono passato a prenderlo questa mattina. È appena uscito.»

«Lo so bene, volevo andare a prenderlo oggi dopo la scuola. Lo sto aspettando da mesi. Come facevi a saperlo?»

«Il tuo amico Tom...»

Tom cosa? Era questo che gli aveva sussurrato all'orecchio? Ma poi, perché?

«Ah be', grazie, ora devo proprio andare.» Fingo un mezzo sorriso e cammino lungo il corridoio spedita, senza riuscire a spiegarmi questa situazione.

«Sabato pomeriggio hai da fare?» propone urlando un po' troppo quando sono quasi alla porta della mia classe.

Mi fermo.

Che cosa vuole ancora da me?

Nel momento in cui sto per rispondergli male mi viene in mente Olimpia, che mi invita a essere più carina e a «espandere i miei orizzonti di amici».

«In realtà no.» Addirittura gli sorrido.

«Ti porto in un posto, se ti va. Ci vediamo davanti a scuola per le 16?»

Annuisco ed entro in classe.

Che tipo strano.

«Signorina Casati! Prego! Vuole anche un biscottino insieme al caffè? La lezione è iniziata da parecchi minuti!» strilla la professoressa di italiano appena varco la porta dell'aula.

«Mi scusi, c'era fila alla macchinetta» farfuglio cercando di giustificarmi.

«Il caffè può aspettare, la mia lezione no.»

«Mi scusi» ripeto.

«Solo questo sai dire? Fila al tuo posto.»

Quando vogliono, i professori sanno essere veramente stronzi.

Senza dire una parola mi faccio largo tra i banchi con gli occhi delle mie compagne di classe addosso e raggiungo il mio posto.

«Dove sei stata?» bisbiglia Olimpia curiosa.

«Alla macchinetta del caffè.» Cerco coprire la bocca con le mani per non farmi sentire dalla professoressa.

«Non provare a mentire a me! Non c'era così tanta fila quando sono entrata in classe! E perché hai quel libro in mano? Non dovevi andare a comprarlo dopo scuola?»

«Volete continuare la vostra conversazione fuori dalla classe o tirare fuori i quaderni e prendere appunti?»

«Ci scusi» rispondiamo in coro io e Olimpia mentre tiriamo fuori i quaderni dallo zaino.

14

Appena suona la campanella dell'ultima ora, io e Olimpia ci precipitiamo fuori dalla classe per evitare il traffico di gente che si crea ogni giorno sulle scale.

«Insomma, che hai fatto prima all'intervallo?»

«Niente!» dico cercando di evitare l'argomento. Invano, già lo so.

«Meg!» Figuriamoci infatti se mi risparmia.

«Ho parlato con Samuele» ammetto.

«Coooosa?!» strilla lei entusiasta.

«Shh, abbassa la voce! Nulla di importante, mi ha solo chiesto di rivederci sabato.»

«Adoro. Gli hai detto di sì, vero? E... aspetta! Te l'ha regalato lui il libro?»

«Gli ho detto di sì solo per farti contenta!» Che tortura dover confessare sempre tutto. «E, sì, mi ha regalato il libro.» Meglio omettere il dettaglio di Tom.

«È troppo carino!» esplode in una nuvola di cuoricini.

Io mi limito a sorridere del suo inutile entusiasmo.

Fuori da scuola, trascino Olimpia alla «nostra» panchina, impedendole di salutare la solita mandria di persone. Prendo in mano il telefono. «Tom dovrebbe uscire adesso. Lo chiamo.»

Lei, mentre controlla Facebook, Twitter, Instagram, Tumbrl e Snapchat, fa un cenno di approvazione con la testa.

Sto per chiamare, quando vedo Tom venire verso di noi con una ragazza.

Do un colpo sulla spalla a Olimpia, che alza la testa di scatto.

«Si stanno tenendo per mano» osserva maliziosa.

«Ciao, polpette!»

«Ciao, Tom» risponde Olimpia baciandolo sulla guancia.

«La volete finire di urlare?»

«Sempre la solita sei, un po' di entusiasmo!» esclama Tom mentre mi strizza una guancia con la mano destra.

Cerco di nascondere con un sorriso stentato che la cosa m'infastidisce terribilmente.

«Lei è Martina, comunque.»

La ragazza accanto a Tom è una biondona alta quasi quanto lui, vestita benissimo e con un fisico pazzesco. Squadra me e Olimpia dall'alto in basso, con sguardo altero e distaccato.

«Olimpia, piacere!» Olimpia le rivolge un gran sorriso e le porge la mano.

«Martina» si limita a rispondere la cerbiattina accennando un mezzo sorrisetto.

«Meg» la voce mi esce decisamente fredda.

«Be'?» Olimpia è in attesa di una spiegazione dettagliata da parte di Tom sul motivo per il quale si stanno tenendo per mano.

«Be' cosa?» chiede Tom fingendo di non capire.

«Be' niente, andiamo» sbuffo e trascino via Olimpia prendendola per un braccio.

«Margherita!» mi rimprovera lei quando ci siamo allontanate abbastanza per non permettere a Tom e alla biondona di sentire.

«Cosa c'è?» Quando è così petulante mi dà proprio fastidio.

«Cosa fai? Perché mi hai trascinato via?! Volevo sapere di più su questa Martina!»

«Primo: abbassa la voce; secondo: che cosa c'è da sapere? Sarà un'altra delle sue tante amichette passeggere. Tra una settimana nemmeno si ricorderà il suo nome. Mi hanno rotto questi suoi atteggiamenti.»

«Da quando t'interessa così tanto la vita sentimentale di Tom?» indaga lei, incuriosita dalla mia reazione.

«Non m'interessa e mai mi è interessata, per l'appunto. Non voglio saperne nulla. Mi irrita il suo modo di trattare le ragazze. Non sono giocattoli. Sarà la trentaduesima quest'anno. Se gli piace continuare i suoi giochetti che faccia pure, io però non voglio più saperne nulla» spiego cercando di mantenere la calma.

«Come vuoi!» si arrende Olimpia.

«Andiamo a mangiare?» aggiunge poi.

«Sì!» spunta Tom all'improvviso, facendomi prendere un colpo.

«Tom!»

Osservo con piacere che l'altissima-ragazza-bionda che si portava dietro prima non è più al suo fianco.

«Oggi vado a casa a mangiare» faccio per salutare gli altri due.

«Veniamo anche noi.»

A volte Tom è davvero insolente.

«Da quando decidi tu se venire a casa mia o meno?» gli chiedo imbronciata.

«Da sempre, Meg, ma che cosa ti prende?» Adesso sembra quasi preoccupato.

«Niente, cose da donne!» urla Olimpia prima che io possa rendermene conto.

La adoro quando risponde al posto mio nelle situazioni di disagio.

«A domani!» Mi avvio alla fermata dell'autobus infilandomi le cuffiette nelle orecchie.

15

Tra una canzone triste e una molto allegra, raggiungo casa mia.

Sto per lanciarmi sul letto, quando noto qualcosa di strano sulla mia scrivania.

È un fiore?

Mi avvicino incuriosita e mi accorgo che è una margherita. Di fianco c'è un fogliettino.

«L'ho vista e ho pensato a te. S.»

Cos'è questa pagliacciata? Un fiore? «S.» sta per Samuele? A casa mia? Come fa a sapere dove abito? Nel 2016 si regalano ancora i fiori?

Sono sbalordita.

Senza pensarci troppo riprendo in mano il telefono e apro la chat con Samuele su Facebook.

> ???

Premo invio senza pensarci e vedo che dopo qualche secondo è già online.

> Ce l'ho fatta a farti inviare un messaggio, finalmente!

Cosa? Era una strategia per farmi scrivere un messaggio?

Decido di telefonare a Olimpia.

Apro le mie chiamate recenti – dove compaiono solo il nome di Olimpia e quello di mia madre – e la chiamo subito.

Risponde dopo il secondo squillo.

«Olimpia.»

«Che cosa?»

«Non hai capito cosa è successo.»

«Cosa è successo?»

«Sono appena tornata a casa e ho trovato una margherita sulla mia scrivania. Di fianco c'era un bigliettino. C'è scritto: "L'ho vista e ho pensato a te. S.". Ho scritto tre punti di domanda a Samuele e lui mi ha risposto dopo pochi secondi, dicendomi: "Ce l'ho fatta a farti inviare un messaggio, finalmente!". Ma stiamo scherzando?»

«Ommioddio! A-DO-RO!»

«Io non adoro proprio per niente. Che pagliacciata è? Come fa a sapere dove abito? E che cosa vuol dire questa margherita? Mi fa paura.»

«Sei capace solo di lamentarti! È un gesto carinissimo!»

«Carinissimo? Io lo trovo banale e stupido! Per un messaggio? Non preferisci una chiacchierata davanti a un caffè?»

«Ma cosa vuol dire! È normale che sia interessato a chattare un po' con te! Tra i giovani di oggi funziona così, siamo nel 2016!»

«Io l'ho trovato un gesto invadente e sono molto spaventata. Come fa a sapere che abito qui?»

«Ok, potrei avergli detto io dove abiti, ma che importa! È un gesto davvero romantico!»

«Gli hai detto dove abito? Ma sei pazza?»

«Avanti, Meg! Non puoi continuare a chiuderti in te stessa per sempre. È tempo di buttarsi, è interessato a te, è carino e pure dolce! Cosa vuoi di più?»

«Come ti pare, io continuo a essere del mio parere.»

Stiamo in silenzio per qualche secondo e poi attacco il telefono.

Come si è permesso di venire fino a casa mia? Non approvo per niente quello che ha fatto, credo.

Decido di provare a dimenticare quello che ho appena vissuto rimpinzandomi di pasta al pomodoro.

Appena finisco i miei modestissimi duecentocinquanta grammi giornalieri di carboidrati mi butto sul letto, accendo la musica e prendo il libro di storia.

Se non mi metto a studiare adesso finisce che arrivo il giorno prima della verifica con mille argomenti di cui non ho mai sentito parlare e impazzisco.

Resto qualche ora a leggere i riassunti di fianco ai paragrafi principali distraendomi ogni tanto per controllare il telefono o per cambiare canzone.

All'improvviso mi torna in mente Samuele. Il fiore, il libro, le richieste di uscire così insistenti e sfacciate. Che ragazzo strano. Il fatto che nemmeno ci conosciamo e già si permette di fare queste cose mi mette a disagio. Non sono mai stata affascinata dall'idea che oggi si ha del «ragazzo perfetto». Non sono il tipo da ultimi accessi di WhatsApp o da «non puoi andare a ballare se non ci sono io». Sono più una ragazza che rimane impressionata dalle piccole cose, faccio molto caso a quei gesti che sembrano insignificanti, ma che in realtà nascondono l'essenza della personalità. Preferisco un ragazzo che un giorno, al ritorno da scuola, si fa trovare seduto sul letto per farmi una sorpresa a uno che risponde sempre ai miei messaggi e alle mie chiamate.

Allo stesso tempo, però, questo correre così tanto su ogni cosa di Samuele mi disorienta. Non capisco dove vuole arrivare. Perché tutto subito? E poi, perché proprio io? C'è qualcosa che non mi convince.

... Ma se invece mi stessi sbagliando?

Voglio dire, ha fatto dei gesti davvero carini per me. Magari qualcosa l'ha colpito davvero.

Impossibile.

Sono troppo strana per fare colpo davvero su qualcuno.

16

Senza pensare troppo a Samuele, tra un pomeriggio da Olimpia e una serata a leggere libri su libri, arriva il fatidico sabato.

Mi sveglio con un messaggio di Olimpia: si è alzata prestissimo ed è venuta sotto casa mia, solo per aiutarmi a scegliere l'outfit della giornata.

«Tu sei matta» borbotto ancora intontita mentre le apro la porta di casa.

«Non credo proprio!» strilla lei dopo aver salutato gentilmente la mia famiglia, ma senza dare troppe spiegazioni sulla sua improvvisa presenza in casa nostra.

Non li vedo neanche troppo sorpresi, i miei genitori: da Olimpia ci si può aspettare di tutto, e oramai la conoscono bene.

«Non abbiamo tempo da perdere! Su, su, su! In camera!» mi ordina trascinandomi per un braccio.

«Olimpia, ma io...» Tutto inutile, la sua presa di potere sul mio armadio è già scritta. «Zitta. Lasciami fare.»

Comincia a lanciare vestiti ovunque. Camera mia si sta trasformando in un bazar.

«Poi ci parli tu con mia mamma!»

«Non preoccuparti, dopo l'appuntamento veniamo qui e mettiamo tutto a posto!»

«Quale appuntamento?» s'intromette mia madre curiosa.
Oh no.
«Niente mamma, esci per favore.»
«Esci con qualcuno?»
«MAMMA!»
«No, Cristina, sono io che devo uscire con un ragazzo. Sono venuta apposta per cercare dei vestiti che avevo prestato a Meg e che vorrei indossare» salta su Olimpia, inventandosi la storiella che mi salva dalle domande insistenti di mia madre.
«Basta che poi metti tutto in ordine!»
È incredibile quanto mia mamma si fidi di Olimpia. Mi lascia fare qualsiasi cosa se al mio fianco c'è lei.
Quello di ispirare fiducia a ogni persona, perfino a una donna ansiosa e premurosa come mia mamma, è un potere che le invidio molto.
Passiamo i venti minuti successivi a litigare sui jeans che Olimpia vuole farmi indossare senza sentire ragioni, anche se mi stanno stretti e scomodi.
Finisco per dargliela vinta. So che altrimenti me la farà pagare tenendomi il muso tutto il giorno. Comunque, visto quanto tempo abbiamo perso, quando finisco di prepararmi è tardissimo, e ci tocca correre a perdifiato verso la fermata dell'autobus.
Riusciamo a prendere il bus delle 7.55 per un pelo e subito veniamo accolte dalle urla di Tom, che ci augura il buongiorno.
«Ma voi due mi spiegate per quale motivo dovete sempre gridare?» mi lamento infastidita.
«È tutto più bello quando lo dici con enfasi!» mi spiega Olimpia.
«Io parlo semplicemente come mi viene, senza pensare a dosare il tono di voce. Scusa, principessina.» Tom se ne esce così, con la sua solita faccia da sbruffone.

Non lo sopporto quando mi chiama «principessina».

In questi giorni non lo sopporto in generale.

Fa veramente freddo stamattina e, come se non bastasse, siamo tutti e tre in ritardo, quindi ora ci tocca correre dalla fermata dell'autobus alle rispettive scuole.

Passo tutte le ore successive a lamentarmi con Olimpia dei pantaloni scomodissimi che mi ha costretto a indossare.

«Sei uno schianto!» si giustifica lei.

«Primo: la parola "schianto" la dicono solo nei film. Secondo, quando mi siedo, questi maledetti pantaloni mi segano in due la pancia!»

«Senti mi dispiace, potevi non metterli se ti stanno così scomodi!»

«Stai scherzando, spero! Hai insistito tanto che pensavo mi esplodesse la testa stamattina.»

«Signorine, volete venire qui alla cattedra a raccontare a tutti la vostra interessantissima conversazione?» c'interrompe la professoressa di storia.

«No, ci scusi» si affretta a rispondere Olimpia.

Io abbasso lo sguardo imbarazzata e fingo di prendere appunti scarabocchiando qualcosa sulla mia pagina ancora bianca.

Dovrei imparare a difendermi da sola: dipendere sempre da Olimpia inizia a pesarmi.

«Quindi vieni da me fino alle quattro?» mi chiede Olimpia mentre scendiamo le scale per uscire da scuola, schiacciate nella massa informe di persone impazienti di allontanarsi il più possibile dall'edificio.

Annuisco e sorrido.

Olimpia non dice niente e continua a scendere i gradini guardando in basso.

Mi conosce davvero bene.

Sa che quando ho lo sguardo perso vuol dire che sono in uno-dei-miei-momenti.

Ogni tanto sento il bisogno di estraniarmi dal mondo che mi circonda per stare da sola con me stessa.

Non c'è un motivo in particolare, mi succede e basta.

Ho bisogno di stare da sola anche se sono circondata da tante persone, ho bisogno di perdermi nei miei pensieri, magari con le cuffie nelle orecchie, senza essere disturbata da nessuno.

Uno dei tanti motivi per cui odio stare in mezzo alla gente è proprio questo. Quando ho bisogno di allontanarmi cinque minuti, tutti iniziano a farmi mille domande sul motivo per cui in quel determinato momento mi sia isolata e, invece di farmi venire voglia di socializzare, questo m'infastidisce non poco. E di solito, a quel punto, ho solo bisogno di fuggire.

Non ho ancora mai permesso a nessuno di condividere con me un silenzio. Non ho mai permesso a nessuno di entrare in uno di questi miei momenti. E, soprattutto, nessuno è ancora mai riuscito a farmi «ritornare» nel mondo reale.

«Cosa si mangia?» chiedo improvvisamente a Olimpia, seduta alla fermata dell'autobus di fianco a me.

La osservo mentre, con una velocità scandalosa, finisce di rispondere a un messaggio.

«Non lo so, hai preferenze? È il tuo grande giorno, decidi tu!»

«Macché grande giorno! Smettila.»

«È il tuo primo, vero, appuntamento. Certo, senza contare...»

La interrompo prima che possa farmi tornare alla mente cose del mio passato che non voglio ricordare.

«Ok. Pasta al pesto va benissimo» taglio corto, quasi urlando.

Olimpia non dice niente, come al solito capisce e basta,

si volta verso la strada e sporge la testa per controllare se l'autobus sta arrivando.

«Non devi vergognartene, tutti fanno degli errori. Io sono qui e non mi permetterei mai di giudicarti, lo sai» cerca di rassicurarmi.

«Olimpia, davvero, lo so, solo non mi fa piacere ricordarlo.»

«Ok.»

Il tempo passa in fretta. Sono già le tre. Io e Olimpia siamo sul suo letto a discutere sui fisici delle «modelle di Instagram».

Non so perché, il mio stomaco si stringe.

«Tutto ok?» mi domanda Olimpia.

«Sono le tre.»

«Già...?»

«Tra un'ora devo vedermi con Samuele.»

«Sei agitata?»

«No!»

«Meg!»

«Assolutamente no. Ci esco solo per farti contenta e per dimostrarti che sono capace di avere a che fare con persone nuove. Non mi piace Samuele!»

«Quanto ti odio quando fai così!»

E io detesto quando qualcuno pretende di avere un'opinione sui miei sentimenti.

Se le dico che non sono agitata dovrebbe fidarsi.

Non sono agitata, per niente.

Sono infastidita e a disagio. E non so che cosa aspettarmi.

17

«Quindi mi raccomando, disinvolta e tranquilla, andrà tutto bene. Buona fortuna, piccola» mi rassicura per l'ennesima volta Olimpia prima di chiudere la porta di casa sua.

Scendo velocemente le scale, pensando a quanto sta enfatizzando una cosa così stupida e insignificante.

Non appena metto piede fuori, il freddo di Milano a gennaio mi divora e il mio respiro si condensa.

Amo l'inverno. Mi spiego, amo l'inverno che sta fuori dalla finestra quando io sono rintanata sotto le coperte e guardo un film, non quello gelido delle otto del mattino, quando perdo l'autobus e mi tocca correre come una pazza per arrivare a scuola. Oppure quello delle quattro di pomeriggio, quando esco da casa di Olimpia ed è già tutto buio. Questo mi fa schifo, anzi lo odio proprio.

Insomma, adoro guardare la neve che cade sulla città dalla finestra della mia stanza ma vorrei passare la vita in pantaloncini corti e canottiera. Sono un paradosso vivente. Dico di voler essere felice, ma poi penso solo a cose che mi rendono triste. Sono ambiziosa, ma anche troppo pigra. Non mi piaccio, ma in realtà amo ciò che sono. Ripeto sempre che non m'importa di nulla, ma in fondo ci sono alcune cose a cui non rinuncerei mai, come la musica delle mie cuffiette, i miei libri, la mia famiglia, Olimpia e Tom. Mi lamento spesso perché nessuno mi dà attenzioni, poi ogni volta, quando le attenzioni arrivano, io le respingo. Sono una contraddizione con le gambe, le braccia e i capelli ricci. Se nemmeno io riesco a capirmi, non posso pensare che ci sia qualcun altro capace di farlo.

Quando arrivo davanti a scuola sono le 16.15, Olimpia ha insistito perché arrivassi con un po' di «ritardo tattico», come lo chiama lei.

Samuele è seduto sulla stessa panchina dove di solito mi trovo con Olimpia e Tom. Appena mi vede accenna un sorriso. Io sono troppo impegnata ad avere freddo, perciò non riesco a ricambiarlo.

«Eccoti!»

«Eccomi.»

Adesso sì che sono a disagio.

«Tutto bene?» fa lui nel tentativo di iniziare una conversazione.

«Odio queste domande stupide e scontate. Sono di fronte a te, mi vedi, sto bene» rispondo senza pensare.

Forse ho esagerato.

«Ok, scusami.»

«No, cioè io non... volevo. Mi dispiace, ecco, sto bene, tu?»

«Tutto bene» risponde con un filo di voce, il mio scarso tatto deve averlo messo a tappeto.

«Be'! Dove mi volevi portare?» domando incuriosita, cercando di distogliere l'attenzione da questo inizio-appuntamento davvero pessimo.

«In realtà so che ti piace bere il caffè, e c'è un posto in centro dove lo fanno buonissimo, un po' all'americana. Pensavo di andare lì. Dentro fa caldo, possiamo sederci e fare due chiacchiere, se ti va.»

Lo interrompo prima che possa proporre un'alternativa. «Va benissimo» gli sorrido con l'intenzione di tranquillizzarlo.

Quella agitata durante gli appuntamenti non dovrebbe essere la ragazza?

«Ok, allora andiamo? Bisogna prendere l'autobus.» Lentamente sembra riacquistare colore in viso.

«Lo so» rispondo decisa.

Camminiamo in silenzio per qualche minuto verso la fermata della 60.

«Fa freddo.» È il suo tentativo per rompere il ghiaccio.

«Già» annuisco, «non ho ancora deciso se lo odio o lo amo questo freddo.»

«Finché si tratta di stare sotto le coperte, lo amano tutti.»

«Proprio così.»

Vedo che mentre si passa una mano nei capelli lancia un'occhiata al vetro della fermata dell'autobus, per assicurarsi di averli in ordine.

Sorrido senza rendermene conto per questo gesto un po' stupido. Lo rende buffo, ma carino.

«Perché ridi?»

D'impulso vorrei fare finta di niente e inventarmi una scusa, ma non mi viene in mente nulla. Tanto vale essere diretta.

«È buffo il modo in cui hai controllato il tuo aspetto nel vetro della fermata.»

Arrossisce imbarazzato. «Speravo che non lo notassi.»

«Noto tante cose. E comunque ti stanno bene.»

«Cosa?» chiede di scatto, sempre più impacciato.

«I capelli!» Quando sento il suono della mia voce inorridisco, mi è uscito uno strillo un po' isterico. Mi porto una mano alla bocca. Così non va per niente bene. «Scusami se ho strillato.»

«Non è un problema. Perché ti scusi?»

«Olimpia e Tom lo fanno sempre, urlano per qualsiasi cosa e io, be', li odio quando lo fanno. Non voglio diventare come loro.»

Che stupidaggine, scoppiamo a ridere tutti e due. Finalmente il ghiaccio si è rotto. E poi, cosa ancora più interessante, se ha riso significa che sono simpatica?

È stranamente piacevole vedere qualcuno – che non sia Olimpia – ridere con me per qualcosa che ho appena detto.

Forse ride solo per farmi contenta.

«Quindi li conosci da tanto tempo Olly e Tom?» interrompe così i miei pensieri.

Olly? Solo gli amici stretti la chiamano così.

«Già. Olimpia la conosco da quattro anni e ormai siamo davvero molto legate. È tutto quello che mi piacerebbe essere, sapendo benissimo che non ci riuscirò mai. Mi piace stare con lei, perché è un'enorme certezza in ogni momento della mia vita.»

Ogni tanto mi sento pesante con Olimpia, penso, mi difende sempre e si prende cura di me come se ne avessi bisogno. So di potermela cavare da sola, ma lei rende tutto un po' più divertente e più semplice.

«E Tom?» insiste Samuele, interrompendo i miei pensieri.

«Tom... Be', io e Tom ci conosciamo da una vita, non so descriverti il nostro rapporto. Molto amore-e-odio. Di solito non condivido quello che pensa e quello che fa. Insomma, non è la persona che chiamo quando mi serve un consiglio, perché so che non sarebbe capace di ascoltarmi. Però gli voglio molto bene e mi fa piacere passare il mio tempo con lui, quando non urla troppo.»

Io e Tom abbiamo davvero uno strano rapporto, indispensabile e allo stesso tempo inutile. Passiamo ore e ore insieme senza fare niente di preciso. Stiamo bene insieme e basta.

Quando saliamo sull'autobus, io e Samuele ci sediamo uno di fianco all'altra. Senza chiedermelo, appena la vettura parte lui mi passa una cuffietta.

La osservo confusa per qualche secondo. Non sono abituata a condividere la musica con qualcuno, a parte Olimpia. Lo trovo un gesto invadente, non siamo una coppietta innamorata. Però sono troppo curiosa di sapere che musica gli piace. Senza pensarci troppo, afferro la cuffietta e la infilo nel mio orecchio.

«Hai delle preferenze?»

«Assolutamente no, sorprendimi!» gli rispondo scherzosa.

Ridiamo, lui guarda in basso e scuote la testa.

«Sei forte, tipetta.»

«Tipetta? Ti prego, non iniziare a chiamarmi così.»

«È carino» si giustifica ridacchiando.

«Non è carino, è sdolcinato e disgustoso e non siamo in un libro.»

Ridiamo di nuovo, questa volta però Samuele non guarda in basso. Mi fissa dritta negli occhi.

Noto per la prima volta le sue iridi verdissime.

È davvero carino quando ride. Olimpia aveva ragione, è proprio carino in generale. E poi, fare amicizia con persone nuove non è poi così male, penso mentre l'autobus imbocca corso XXII Marzo, coi suoi bar e i suoi negozi di ogni tipo in cui ho passato chissà quante ore della mia vita.

Guardo Samuele. Spero che non fraintenda le mie intenzioni: potrebbe essere un ottimo amico. E a Olimpia e Tom piacerebbe di sicuro.

«È bello che tu sia così schietta. Sembra che tu non abbia mai paura del giudizio degli altri.»

Dato che non frequento quasi nessuno oltre a Olimpia, Tom, i miei professori e la mia famiglia, non sono abituata a farmi fare complimenti da persone semisconosciute. E il suo commento, infatti, m'imbarazza tanto da zittirmi.

Sorrido, pianto lo sguardo nel pavimento dell'autobus e spero che dica qualcosa al più presto, ma lui rimane a fissarmi per un tempo che mi sembra interminabile.

L'unica cosa che riesco a dire, alla fine, è un timido: «Be'... grazie!», rossa come un pomodoro.

Lui si preoccupa subito: «Ho detto qualcosa di male?».

«No! Assolutamente! È solo che... diciamo, non sono abituata a ricevere complimenti. Era un complimento vero? Cioè sì, presumo di sì, ecco vedi? Sono un disastro, vero?» Scoppio a ridere nervosamente, coprendomi il viso con le mani.

Lui mi rassicura, ridendo in modo composto: «Solo un pochino, ma non preoccuparti, mi va benissimo così».

18

Il nostro scambio di sguardi s'interrompe quando il mio telefono squilla rumorosamente nella tasca.

Mi affretto a tirarlo fuori ricordandomi all'improvviso che non ho avvisato mia mamma del mio pomeriggio fuori casa.

Quando leggo la notifica, però, vedo con piacere che è un messaggio di Olimpia.

> Come sta andando il tuo appuntamento?

Mi affretto a voltare il telefono nell'angolazione giusta per impedire a Samuele di leggere, ma è troppo tardi.

«Quindi è un appuntamento?»

«No» rispondo con decisione, «ma non penso che Olimpia se ne farà mai una ragione.»

Lui sorride. Io affondo in una palude d'imbarazzo.

Mentre Samuele fissa fuori dal finestrino, approfitto per risponderle.

> La prossima volta scrivimi in codice, ha letto il tuo messaggio. CHE VERGOGNA! Ti ripeto che non è un appuntamento, e sta andando bene.

Mi affretto a rimettere il telefono nella tasca della giacca. Intanto lo vedo impegnato a scrivere anche lui un messaggio.

Tiene lo schermo in modo che non possa vedere cosa o a chi sta scrivendo, ma non mi permetto di protestare.

Non nego, però, che la cosa un po' mi infastidisce. Perché dovrebbe nascondermi un messaggio? Cosa può scrivere di così tanto segreto che io non possa leggere?

Forse anche lui sta parlando con un suo amico?

Impossibile.

È un maschio.

Sorrido senza rendermene conto.

«Stai sorridendo senza motivo, di nuovo» mi fa subito lui.

«Sono così simpatica che rido alle mie battute mentali.»

Ridiamo.

Sta iniziando a piacermi ridere con lui.

Scendiamo a San Babila, il capolinea della 60.

«Andiamo, il posto si chiama Arnold Coffee!» mi fa strada Samuele dirigendosi verso la zona dell'università. «È a due passi da qui.»

«Ah, Arnold! Lo conosco! Non sapevo che ce ne fosse uno anche qui. Di solito io e Olimpia ci andiamo per studiare. Quello dove andiamo noi è in Duomo però.»

«Quindi sai già com'è!» Sembra deluso. «Volevo portarti in un posto dove non eri mai stata.»

Si sta davvero impegnando per fare colpo su di me, ma ancora non capisco il motivo.

Improvvisamente mi ricordo del libro, del fiore, dei messaggi.

Nessuno dei due ha ancora avuto il coraggio di affrontare l'argomento.

Forse mi sto comportando nel modo sbagliato, potrebbe fraintendere le mie intenzioni.

Non ho alcuna intenzione di cominciare una relazione con lui.

Sono troppo attaccata allo stereotipo di una persona che esiste soltanto nei libri. Non riesco ad affezionarmi a una persona reale così in fretta. Ho bisogno di tempo, devo conoscere bene qualcuno prima di affidargli i miei sentimenti. E all'improvviso mi pento di aver accettato di uscire con lui. Non voglio ferirlo, né dargli false speranze.

Olimpia ha sempre avuto ragione, una persona che arriva fino a casa mia per portarmi un fiore è sicuramente interessata a me. Ma sono convinta che Samuele non sia ancora riuscito a capire come sono fatta davvero: nessuno mi regalerebbe dei fiori se conoscesse ogni strano lato del mio carattere. Sono abituata a vedere le persone spaventarsi e allontanarsi. Ecco, adesso comincio a sentirmi di nuovo a disagio.

«Scusa un secondo, devo fare una telefonata» interrompo il silenzio tra di noi e mi allontano di qualche passo, senza aspettare la sua approvazione.

Olimpia risponde dopo il primo squillo.

«Sei già tornata a casa? Com'è andata? Ti ha baciato? Voglio sapere tutto nei minimi dettagli!»

«Olimpia, frena, sono ancora con lui. Mi sono solo allontanata un attimo. Non so se è la cosa giusta rimanere qui.»

«Non capisco, che vuoi dire? È evidentemente interessato a te! Buttati per una volta!»

«È proprio questo il problema. È interessato a me – anche se mi sembra davvero strano – ed è anche una bella persona, ma non m'importa e non voglio che fraintenda le mie intenzioni. Io non sono adatta agli appuntamenti! Soprattutto agli appuntamenti con lui!»

«Tu hai deciso che non deve interessarti, ma non mi sembra che tu stia male ora. Comunque un caffè da Arnold non è un appuntamento ufficiale, divertiti e non pensare troppo!»

«Come fai a sapere che stiamo andando da Arnold?» mi fermo e le domando insospettita.

«Io? Me l'hai detto tu un secondo fa!»

«Non te l'ho mai detto, Olimpia.»

«Mica sono veggente! Me l'hai sicuramente detto tu, ti sarai dimenticata. Adesso vai da Samuele e divertitevi. Buon pomeriggio, tesoro!»

«Olimpia, dimmi che non ci stai seguendo!»

Ma lei ha già riattaccato. Vorrei richiamarla, ma conosco Olimpia meglio delle mie tasche e so che non risponderebbe. L'unica cosa che mi resta da fare è tornare da Samuele e godermi il pomeriggio, a lei ci penserò più tardi.

Mentre lo raggiungo, mi guardo un po' intorno in cerca di una chioma di boccoli castani tendenti al rosso, ma non mi sembra di vederla.

Forse mi sono davvero dimenticata di aver menzionato Arnold durante la nostra telefonata.

«Tutto ok?» mi domanda Samuele preoccupato.

«Certo! Era solo mia madre, mi ero scordata di avvertirla.»

Mentre la bugia esce dalla mia bocca, i muscoli del collo s'irrigidiscono.

«Va bene, entriamo.»

19

È strano, oggi in questo Arnold non c'è coda. Forse perché la zona dell'università di sabato non è tanto frequentata. Ordiniamo due cappuccini e una porzione di pancake da dividere.

Appena è tutto pronto Samuele prende il vassoio e si dirige verso i tavolini.

«Vuoi una mano?» domando voltandomi bruscamente verso di lui.

Contare fino a dieci prima di muoversi con la leggerezza di un elefante in una caffetteria sarebbe stato decisamente meglio. Nel giro di cinque secondi, senza bene rendermi conto di come, mi ritrovo per terra, sommersa di cappuccino.

Merda, merda, merda.

Mi affretto a voltarmi verso l'alto e la prima cosa che vedo è Samuele. Ride come un matto e mi osserva mentre impreco contro il cappuccino sparso sui miei vestiti.

Ha il vassoio ancora in mano, i cappuccini intatti, quindi mi guardo intorno alla ricerca del malcapitato con cui dovrò scusarmi.

Due ragazze mi stanno osservando con un misto di preoccupazione e divertimento negli occhi. Balzo in piedi per fare le mie scuse.

«Mi dispiace, sono un completo disastro. Il cappuccino ve lo ricompro, mi dispiace, mi dispiace.»

Samuele continua a godersi la scena. A me viene da piangere e da ridere nello stesso momento. Non so cosa fare, mi stanno fissando tutti.

Come-rovinare-un-quasi-appuntamento, un libro di Margherita Casati.

Non posso essere così maldestra.

Le due ragazze mi rassicurano e, anche se insisto più volte, non mi permettono di offrire loro un altro cappuccino. Dopo essermi scusata con le povere malcapitate circa altre ottanta volte, senza nemmeno guardare Samuele in faccia, per il troppo imbarazzo, corro in bagno a cercare di salvare il salvabile. Nascondo la canottiera bianca chiudendo la felpa fino al collo. Per il resto sono vestita con colori scuri, quindi il danno si nota meno di quanto pensassi. Per fortuna.

Appena esco dal bagno vedo Samuele che, da lontano, mi guarda e sorride. Mi avvicino lentamente al tavolo senza distogliere il mio sguardo dal suo.

«Tutto a posto? Non sembri tanto macchiata» mi prende in giro appena mi siedo.

«Taci! Meno male che sono vestita di scuro» mi copro il viso con le mani per cercare di mascherare la mia vergogna.

«Dài, scherzo, è stata una caduta memorabile. Sei carina quando sei maldestra» si quasi-complimenta lui.

Non so che cosa rispondere. Non so proprio come prendere il suo commento, quindi mi limito a sorseggiare piano il mio cappuccino, giusto per non bruciarmi la lingua.

Ci perdiamo a parlare di musica – con qualche bizzarro intermezzo sui pancake – e il tempo passa veloce, senza che noi ce ne accorgiamo.

«Ma sono già le sette!» esclama a un tratto Samuele, con un'occhiata al suo cellulare.

«Le sette?!» Sono in ritardo. Niente di strano. «Dovrei andare...»

«Sì, anche io» ribatte lui.

Ci fissiamo per qualche secondo senza sapere cosa fare. Decido di alzarmi e inizio a preparare le mie cose.

Senza incrociare il suo sguardo, m'infilo la giacca, ripongo nella borsa il portafoglio e il telefono. Samuele è rimasto seduto. Sembra aspettarsi qualcosa da me.

Lo fisso confusa per qualche secondo. Lo sollecito: «Quindi andiamo?».

«Eh? Ah! Già, sì, andiamo!» Si alza velocemente e, senza guardarmi, si mette anche lui la giacca.

«Che freddo, mio Dio!» si lamenta appena usciamo.

Rispondo con un cenno. Improvvisamente cala un velo d'imbarazzo. Mentre ci dirigiamo verso l'autobus, nessuno dei due si azzarda a dire nulla.

«Tu dov'è che abiti?» gli chiedo una volta arrivati alla fermata dell'autobus.

«Tre fermate dopo la tua, ma scendo e ti accompagno fino a casa, se ti va.»

«Non c'è problema, cioè come vuoi, posso anche andare da sola... voglio dire, la strada la so. Nel senso... ovvio che la strada la so, va be', hai capito, se ti va...» Oh no.

Non riesco a finire la frase dandole un senso, che lui sta già trattenendo le risate con una mano davanti alla bocca.

«Sei proprio buffa.»

«Non sono buffa.»

«Ti accompagno volentieri, comunque.»

«D'accordo» mi arrendo alla sua proposta per evitare altre brutte figure.

L'autobus arriva e, fino a casa, ascoltiamo l'ultimo album di Rihanna. Da quello che ho capito, gli piace tantissimo.

A me non fa impazzire, ma fingo di apprezzarlo per non metterlo in imbarazzo.

Quando arriviamo alla mia fermata si alza dal posto e mi porge la mano.

«Ce la faccio, grazie.» Gli sorrido mentre mi alzo appendendomi al palo dell'autobus.

Lui sembra un po' deluso, ma – come ho già detto anche a Olimpia – non ho intenzione di fargli credere cose strane. È solo un'uscita tra amici.

«A proposito di casa mia» inizio con cautela. «Ecco, io ho trovato un po' invadente il fatto che tu, be' ecco, sia venuto fino a casa mia» confesso alla fine.

«Davvero?» Si ferma in mezzo alla strada.

«Davvero.»

«Mi dispiace, Olimpia aveva detto che era la cosa più giusta da fare» si giustifica lui.

«Olimpia che cosa?» Ho voglia di urlare.

«Nel senso, io le avevo chiesto se, insomma, se ti avrebbe fatto piacere e quindi lei mi ha detto di venire assolutamente e quindi ho pensato che...» si interrompe, imbarazzato.

«Da quando tu e Olimpia siete amici?»

«Non è che siamo amici, però so che è la persona a te più vicina, così ho pensato di chiedere a lei» farfuglia, come se non sapesse che cosa dire.

«Chiedere a lei per cosa?!» continuo a non capire il motivo di tutti questi gesti, se poi oggi si è comportato da quasi-ottimo amico.

«Per cose che potrebbero farti o non farti piacere.»

«Perché dovresti fare delle cose che mi fanno piacere? Nemmeno mi conosci!»

«Perché mi piaci.»

Ah. Meraviglioso. E in questi casi che si fa?

Lo fisso per qualche secondo cercando di apparire calma,

mentre la mia testa sta esplodendo per cercare un modo che mi faccia uscire da questa situazione. E alla svelta.

Non mi viene in mente niente.

E se fingessi una chiamata? Troppo infantile?

«Non c'è bisogno che tu dica niente. Immagino che lo sapessi già» mi rassicura lui.

Siamo punto e a capo, non so cosa rispondergli.

Sono un vero disastro con le relazioni umane.

«Ok» è l'unico suono che riesco a farfugliare.

Ok? OK?!

Ma che cosa mi dice il cervello?

La risposta più stupida che potessi dare.

Perché sono così agitata?

Lui non dice niente, ricomincia a camminare in direzione di casa mia e io lo seguo.

Arrivati davanti al portone, si volta verso di me e mi fissa dritta negli occhi.

«Buona serata, tipetta» mi sorride.

Quindi non si è offeso per la mia risposta inutile?

«Anche a te» rispondo imbarazzata, senza riuscire ad alzare gli occhi.

Vedo che si avvicina a me.

Che cosa vuole fare? Non vorrà mica baciarmi?

Cerco di spostarmi da un eventuale bacio, ma dato che lui voleva soltanto baciarmi sulla guancia, finiamo per sfiorarci le labbra per mezzo secondo e poi allontanarci velocemente.

«Io...» sussulta.

«Non volevo, scusa» mi affretto io.

«Nemmeno io, mi dispiace.»

«Ok» abbasso di nuovo lo sguardo.

«Ok» ripete lui.

«Ciao allora...»

«Ciao.» Ora mi sorride.

«Ciao.»

Perché l'ho ripetuto? P-E-R-C-H-É?

Mi volto ed entro nel portone per evitare altre cose-che-non-dovrebbero-mai-succedere.

Appena sono nella mia stanza mi ricordo che Olimpia doveva venire ad aiutarmi a sistemare il casino che ha combinato questa mattina con i miei vestiti.

Decido di chiamarla.

Tiro fuori il telefono dalla tasca e mi accorgo che ha già provato a chiamarmi sedici volte.

20

Digito velocemente il suo numero di telefono sulla tastiera e premo CHIAMA, dopo pochi secondi Olimpia risponde.

«Finalmente!» strilla. Strilla sempre Olimpia, e mi innervosisce.

«Olimpia» la rimprovero subito.

«Quindi??? Com'è andata? Vi siete baciati?» domanda curiosa senza curarsi del mio tono indispettito.

«Olimpia» ripeto perentoria.

«Rispondimi!» replica ignorando la mia incazzatura.

«Pensi che non sia capace di cavarmela da sola?» le chiedo.

«Ma certo che no! So che sei adulta abbastanza per fare le cose da sola... perché tutte queste domande?» cerca di convincermi lei.

«Ok...» mi arrendo. Non le dico neanche che ho scoperto che Samuele le chiede consigli su come far andare al meglio i nostri appuntamenti.

«È andato tutto bene?» insiste.

«Sì, ma nulla di che, cioè oddio, credo di essere stata un po' un disastro verso la fine e in ogni caso non voglio più vederlo, abbiamo intenzioni diverse e non voglio illuderlo» spiego.

«Cioè???» urla Olimpia.

Le spiego per filo e per segno ogni piccolo particolare del mio quasi-appuntamento con Samuele senza omettere del disagio provato sotto casa mia.

«Gli piaci proprio» commenta Olimpia.
Sento la voce di mia madre che mi chiama perché è pronta la cena.
«Adesso devo andare, ci vediamo domani!» le dico.
«Va bene principessa, a domani!» risponde lei.
Attacco e mi dirigo verso la cucina.
E mi rendo conto che non ho chiesto a Olimpia di venirmi ad aiutare a mettere a posto la stanza. Vabbè, vuol dire che lo farò io.
Appena ci sediamo mio padre inizia, come al solito, a chiedermi un riassunto della giornata.
E io mi limito a dire che ho passato il pomeriggio a studiare in compagnia di Olimpia.
«Non avevi un appuntamento?» si insospettisce subito mia mamma.
Alle madri non sfugge mai nulla.
«In realtà sì, ma alla fine abbiamo rimandato a domani perché non siamo riuscite a finire di studiare per tempo» invento. Sperando che non mi chieda altro. Per esempio con *chi* avessi questo appuntamento.
«Capito» dice soltanto mia mamma.
«Stai sempre con Olimpia, non sarebbe il caso di farsi dei nuovi amici, allargare un po' il cerchio magico?» scherza mio padre.
Sorrido e non dico niente. So che ha ragione.
Finita la cena torno in camera mia, prendo in mano il telefono e trovo un messaggio di Samuele su Facebook.

> Grazie per la bella giornata, tipetta, a domani.

Fantastico, si è illuso.
Il suo messaggio mi fa strano... uno strano piacere, devo ammettere: nonostante la mia goffaggine è stato bene con me.

Allo stesso tempo però adesso non so come comportarmi.

Dovrei rispondergli?

Me la tiro e decido di ignorare il suo messaggio almeno per un po'.

Dopo aver sistemato la stanza mi perdo nella lettura di *Shadowhunters* per un paio d'ore quando il fastidioso squillo del mio telefono mi interrompe.

È Tom.

«Pronto?» rispondo perplessa, non m'aspettavo una sua telefonata a quest'ora della sera.

«Com'è andata oggi?» domanda senza nemmeno salutare.

«Oggi?» Sono ancora più confusa. Che cosa vuole chiedermi? Sa che sono uscita con Samuele?

«Con quello... come si chiama?» farfuglia lui.

«Come sai che sono uscita con lui?» gli chiedo lusingata e divertita.

«Olimpia» ammette lui.

Ridiamo.

«Non sa proprio stare zitta, la stronza! Comunque tutto bene, ma nulla di che, non sono interessata a lui in *quel* senso» spiego.

«Sono contento per te. Olimpia dice che non te ne sei ancora resa conto, ma che presto ti interesserà.»

Ridiamo di nuovo.

«Quando imparerà a preoccuparsi un po' di più per la sua vita e meno per la mia e mi lascerà il potere di decidere da sola cosa voglio per me?» scherzo.

«Già» approva Tom.

Rimaniamo in silenzio per qualche secondo.

«Niente, ti ho chiamato solo per chiederti questo. Scusa. Ero curioso. Buonanotte e a domani!» dice, quasi sollevato.

Poi attacca senza aspettare una mia risposta.

Quando si comporta così è davvero carino, anche se non ci sono per niente abituata. A qualcuno che si interessi di me, intendo. Tom è stato gentile. Ma ficcanaso. Mi preoccupa il fatto che si interessi così tanto a questa storia, mi preoccupa come tutti si occupino così tanto di qualcosa che per me non ha nessun significato.

Pensandoci Tom è sempre stato eccessivamente protettivo nei miei confronti, motivo per il quale certi dettagli a proposito delle mie «relazioni», se così si possono chiamare, glieli ho sempre tenuti nascosti.

In generale non siamo mai stati i classici amici che si raccontano ogni segreto. Stiamo bene insieme perché siamo capaci di prenderci i giusti spazi e, in realtà, non parliamo molto.

21

Il lunedì dopo arrivo a scuola addirittura con qualche minuto d'anticipo.

Scendo dall'autobus e passo davanti a un bar-tabacchi in via Modena molto frequentato dai ragazzi della mia scuola.

A dire la verità non ci sono mai entrata, ma questa mattina ho fame, e non ho voglia di andare al solito bar dove a volte mi fermo a mangiare il toast dopo la scuola. Decido di prendermi un cornetto proprio qui.

Le porte sono automatiche, quindi si aprono appena mi avvicino, e l'interno è luminoso e accogliente.

Perché non ci siamo mai venuti, io, Olimpia e Tom? È così carino.

Mi avvicino al bancone, ma prima di raggiungerlo mi accorgo che lui è lì, lo vedo. Samuele è seduto a uno dei tavoli, dietro a una colonna.

Sta parlando con qualcuno, ma non riesco a capire chi sia perché la colonna ostruisce la mia visuale.

Cerco di sporgermi con cautela, senza dare troppo nell'occhio, e l'unica cosa che riesco a vedere sono dei capelli marroni tendenti al rosso che somigliano molto a quelli di Olimpia.

Aspetta.

Olimpia?

«Signorina? Cosa prende?» la barista interrompe i miei pensieri mentre sorride divertita dai miei movimenti.

«Eh? Ah! Sì! Mi scusi! Tutto a posto! Vorrei un cornetto integrale al miele, per favore.»

«Arrivo subito. Viene un euro e trenta, comunque» mi informa.

Tiro velocemente le monete fuori dalla borsa, mi volto verso la cassa, che è appena alla sinistra del bancone, e pago.

Mentre aspetto che la cameriera torni con il mio cornetto, cerco di sporgermi di nuovo verso Samuele e sbirciare la ragazza-che-sembra-Olimpia senza farmi notare. Appena mi sporgo, però, la ragazza è sparita e incrocio lo sguardo di Samuele, che mi sta fissando.

Mi sorride e mi fa cenno di raggiungerlo.

Oh no. Sono imbarazzata. Mi sento le guance diventare rosse, il cuore che aumenta il suo battito.

«Ecco qua» mi dice sorridendo la barista mentre mi porge un piattino con un cornetto ancora fumante appoggiato sopra.

Sembra buonissimo.

La mia testa sta per esplodere. Dentro quell'ottimo profumo di cornetto caldo. Sono troppo indecisa. Calcolo le variabili tra l'andare da Samuele e il fingere di non conoscerlo uscendo dal bar, quando vedo Olimpia che entra dalla porta principale con un ingresso da star consumata.

«Meg!» esclama appena mi vede.

«Olimpia?» Sono ancora più confusa.

Ero convinta fosse lei a parlare con Samuele poco fa.

Per fortuna mi sbagliavo.

«Cosa fai qui?» mi chiede lei, quasi sorpresa.

«Cosa ci fai tu!» ribalto io la domanda indicando il mio cornetto.

«Quando non prendiamo l'autobus insieme, e quindi riesco ad arrivare un po' in anticipo, vengo qui a bermi il cappuccino, lo fanno buonissimo!» mi spiega.

«Ok, abbiamo un problema» abbasso la voce e cerco di farle cenno di guardare alle mie spalle, dove è seduto Samuele.

«Ciao ragazze!»

Ecco che Samuele compare alla mia sinistra. Sono sempre più imbarazzata. Spero non mi abbia sentito.

«Ehi!» lo saluta Olimpia.

Si danno il cinque ed esagerano con due baci sulle guance. Samuele si volta verso di me.

«Ciao» mi limito a dire, impeditissima, provando ad accennare un piccolo sorriso.

Il mio battito cardiaco riaccelera improvvisamente.

Non so come uscirne.

Guardo in basso sperando che Olimpia capisca il mio momento di black out e faccia qualcosa.

Forse ha ragione a prendersi tanto cura di me, forse è vero che non sono capace di gestire la mia vita da sola.

«Come mai qui?» chiede Samuele.

«Ci veniamo ogni tanto la mattina a bere il caffè, adesso però siamo in ritardo, dobbiamo ripassare storia prima dell'inizio della lezione, che interroga alla seconda ora. Dobbiamo scappare, ci vediamo all'uscita semmai!» dice Olimpia mitragliando una parola dopo l'altra con una velocità da paura.

Mi prende per un braccio e mi trascina fuori dal bar prima che io possa rendermene conto.

«Be'?» chiede stupita.

«Cosa?»

«Cos'è tutto questo imbarazzo?» sembra quasi che voglia rimproverarmi.

«Lo sai come sono fatta. Sabato sera mi ha pure scritto un messaggio e ho davvero paura che si faccia idee strane. Vorrei solo che lo capisse, ma non so come fare» spiego.

«Ignorarlo non è il modo migliore per far smettere a un ragazzo di cercarti. Lo sai questo, vero?» sorride e mi stringe la mano, quasi fossi una bambina.

«E allora insegnami, visto che sei così brava» quasi urlo. Non sopporto quando si comporta troppo da mamma. Allo stesso tempo so di avere bisogno che lo faccia.

«Sto solo cercando di aiutarti» spiega, gentile.

Come fa a mantenere sempre la calma in questo modo anche quando le parlo con tono stizzito?

«Lo so. Scusami. È solo che non so davvero che cosa fare.»

«Forse è perché ti piace.»

«No. Non mi piace. Non credo. Non provo niente verso di lui, insomma, non mi viene voglia di baciarlo o di abbracciarlo, cose così, è una bella persona, ma non... non lo so, non so niente.» Mi copro la faccia con le mani. Sono nervosa. Mi viene da piangere. Olimpia mi esaspera.

«Per scoprirlo dovresti solo uscirci qualche altra volta: prova, se ti trovi bene non è mai sbagliato buttarsi. E ricordati che puoi sempre tornare indietro se poi non ti trovi a tuo agio. Meglio pentirsi che rimpiangere» dice lei, cercando di aiutarmi.

E non si rende conto che invece mi sta mandando ancora di più in confusione.

Samuele non mi piace.

Il mio problema è: come glielo faccio capire? Non ho esperienza. Non so come si fa.

Continuiamo a discutere di questo argomento finché arriviamo davanti a scuola. Sono a disagio, come sempre, ma un disagio non è veramente un disagio fino a che non lo racconti a qualcuno.

«Adesso entriamo, ne parliamo dopo» interrompo Olimpia e, senza aspettarla mentre comincia a salutare praticamente ogni persona che incontra, entro e mi dirigo verso l'aula.

Mi faccio spazio nella ressa di persone che, come una mandria di zombie addormentati, raggiungono le proprie classi e, come se la mia vita fosse un film scritto male, passo proprio di fianco a Samuele. Che è appoggiato al muro a parlare con alcuni suoi amici.

Come cavolo ha fatto ad arrivare prima di noi?

Vado nel panico.

Cerco di non guardarlo, magari non mi ha vista, e continuo a salire per le scale cercando con tutte le mie forze di sembrare indifferente. Ora che servirebbe, Olimpia non c'è.

«Tipetta!»

Ancora questo nomignolo?

Poi davanti a tutti?

Che fastidio.

Faccio finta di non sentire.

«Meg!»

Implacabile.

Non posso più fingere di non averlo sentito.

«Samuele!» mi volto fingendo un sorriso.

«Tutto bene?» domanda, quasi preoccupato.

«Certo, stavo... andando in classe» rispondo cercando di sembrare più calma e a mio agio possibile.

«Stavo salendo anch'io, ti accompagno!» annuncia.

Poi si volta verso gli amici.

«Ciao raga, ci vediamo all'intervallo.»

È gentile. Come sempre. Con tutti.

«Quindi che dici?» mi chiede cercando di non far precipitare il silenzio non appena iniziamo a salire le scale l'uno di fianco all'altra.

«Nulla di che, non ho dormito benissimo questa notte, tu?» Mi sforzo sempre di più di non mostrare la mia agitazione, ma non credo di riuscirci troppo bene.

Sento il cuore che batte fortissimo, vorrei dirgli di smetterla di assillarmi, di non insistere così tanto con me, non lo voglio.

Non sono attratta da lui, per Dio, come fa a non capirlo?

Nessuno ha mai mostrato così tanto interesse verso di me,

e la sua sfacciataggine da ragazzo-perfetto-dei-film, troppo sicuro di sé, non mi attira particolarmente.

«Come mai non hai dormito bene?» chiede senza farmi sapere niente di lui.

Non ho voglia di raccontarglielo.

«Troppi pensieri...»

«Pensieri tipo?» domanda ancora, sempre più sfacciato.

Mi sto agitando. Vorrei solo che ci fosse Olimpia a salvarmi.

Arriviamo in cima alle scale. La mia aula è la prima sulla sinistra appena all'inizio del corridoio.

«Pensieri» ripeto cercando di fargli capire che non ho piacere di condividerli né con lui, né con nessun altro in questo momento.

«Capito» mi informa lui.

Saccente. Sicuro. Insopportabile.

«Ora vado in classe, ci vediamo in giro.» Fingo un sorriso, affretto il passo e, senza nemmeno più guardarlo, mi fiondo nella mia classe il più velocemente possibile.

Ci vediamo in giro?

Ma cosa cazzo gli ho detto?

Ma mannaggia a me, perché devo sempre dire solo stronzate?

Mentre mi dirigo al mio banco noto che Olimpia non è ancora in classe.

Dove si sarà cacciata?

La campanella sta per suonare e la professoressa è già qui.

Tiro fuori il telefono dalla tasca per chiamarla e trovo un suo messaggio.

> Entro alla seconda ora, per favore coprimi.

Non aggiunge nient'altro, è troppo brava a essere vaga senza farmi preoccupare.

Sono curiosa da morire.

Suona la campanella e la professoressa di scienze, senza nemmeno aspettare che finisca di trillare inizia a fare l'appello.

Io e Olimpia siamo vicine sul registro di classe. Bonicelli. Casati.

Dopo aver appurato l'assenza di Olimpia, la professoressa passa a me.

«Margherita?» chiama alzando la testa e sfidandomi con il suo velenoso sguardo provocatorio. Schizza acido.

«Ci sono» annuncio.

Non capisco per quale motivo debba ogni volta mettermi in difficoltà e dubitare di me, ho sempre preso bei voti e fatto pochissime assenze.

Stare perennemente accanto a Olimpia, ma non essere brillante quanto lei, mi fa sembrare in qualche modo sbagliata agli occhi degli altri. E questa cosa mi innervosisce da morire.

«Forse tu sai che fine ha fatto la tua amichetta» dice poi stizzita la professoressa.

«È stata poco bene questa notte, forse entra alla prossima ora» mi limito a dire.

Solita scusa, non penso ci credano nemmeno più, ma siccome si tratta di Olimpia nessuno si fa problemi se salta le ore di scuola per motivi apparentemente futili. Il suo carisma è inarrivabile: è qualcosa che vorrei davvero imparare ad avere.

C'è una scuola che insegni ad avere carisma? A essere un'altra Meg, figa e disinvolta? A battere la mia ansia di essere sbagliata?

L'ora sembra non finire mai. Finalmente la campanella suona. Olimpia apre teatralmente la porta della classe, entra e si scusa con la professoressa per aver saltato la sua ora. Con un sorriso a cinquecentosettanta denti.

L'insegnante le sorride a sua volta. Condiscendente.

«Sono cose che capitano.»
«Già, mi farò ripetere la lezione da Meg, sicuro!» mente Olimpia.
«Perfetto, se fossero tutti come te!» chiosa quella stronza della professoressa mentre esce dalla classe senza nemmeno salutare.

22

«Si può sapere dove sei stata?» domando curiosa.

«Ho avuto un contrattempo, non sono riuscita a entrare in orario!» risponde vagamente Olimpia.

«Olimpia... perché mi nascondi le cose?» la interrogo. Cerco di mantenere un tono normale, il più gentile possibile per evitare di sembrare lamentosa.

«Non ti nascondo le cose, semplicemente non ce l'ho fatta!» si giustifica.

«Cosa vuol dire che non ce l'hai fatta? Siamo arrivate insieme ed eravamo in perfetto orario! Cosa è successo di così importante da impedirti di entrare a scuola nei cinque minuti in cui sono andata via?» alzo la voce stando però attenta a non attirare l'attenzione di nessuno.

«Niente di che, solo un contrattempo!»

Continua a nascondermi il vero motivo per il quale ha fatto ritardo di un'ora a scuola. Di nuovo.

«Perché non vuoi spiegarmelo?» inizio a innervosirmi.

«Ma sei una mia amica o sei mia madre?» si lamenta lei alzando gli occhi al cielo.

«Sono la tua *migliore* amica, ho il diritto di sapere.»

«Proprio perché dici di essere la mia migliore amica dovresti cercare di capire quando non mi va di parlare di qualcosa» continua a rimanere sul vago lei.

«*Dico* di essere??? Ah, quindi non è così? Hai amiche più importanti? Persone che ti stanno più vicine?» sbraito attirando questa volta l'attenzione dell'intera classe sulla nostra conversazione.

«Assolutamente no, solo che... ragazzi, potete anche farvi gli affari vostri, grazie!» dice Olimpia e tutti magicamente tornano a fare quello che stavano facendo un attimo prima.

«Solo che...?» insisto abbassando la voce.

«Solo che non capiresti» conclude lei.

«Non capirei? Olimpia, abbiamo la stessa età, ci vediamo tutti i giorni, studiamo insieme... solo perché sei più simpatica e più figa non significa che non capisco le cose. Penso di essere matura abbastanza per conoscere il motivo per cui spesso salti ore di scuola senza dare spiegazioni a nessuno, qualunque esso sia» le dico.

La professoressa della seconda ora, storia, mette fine alla nostra discussione irrompendo in classe e chiedendo il silenzio ancora prima di salutarci.

Durante la lezione Olimpia, come suo solito, riesce a farmi dimenticare che sono arrabbiata con lei con qualche battuta stupida mentre sono interrogata alla lavagna. Cerca di suggerirmi, alzando con discrezione cartelli con le date o, approfittando dell'imprevisto ingresso del bidello che distrae la professoressa, addirittura lanciandomi foglietti di carta contenenti le soluzioni.

È inevitabile. Olimpia mi fa ridere.

Tornata al posto la ringrazio, perché se ho preso sette è sicuramente anche merito suo.

Quando la campanella dell'ultima ora suona mi affretto a raccogliere tutte le mie cose dal banco e a ficcarle nello zaino per abbandonare l'edificio il prima possibile.

Olimpia mi segue.
«Non riesco a non dirtelo.» Si ferma davanti alla porta e mi osserva, preoccupata.
«Cosa?» domando curiosa.
«Io e Max...» inizia.
«Tu e Max COSA?» non posso credere alle mie orecchie.
«Io e Max ci siamo visti stamattina...» mi confessa.
Lei e Max?
E io non sapevo niente?
Come può essere possibile?
È troppo più grande di lei. Pensavo non volesse davvero uscirci.
«Ah...» non riesco a dire altro.
«Non è successo niente di che, non fraintendere, non siamo neanche ai primi fuochi, nemmeno un bacio, però mi ci trovo bene. Davvero» spiega lei, apparentemente tranquillissima.
«Olimpia» cerco di rimproverarla, ma sono consapevole di non avere speranze.
Con lei so che è inutile: se si mette in testa qualcosa nessuno può farle cambiare idea.
«Ecco, vedi? Lo sapevo che non avresti capito. Proprio per questo motivo te l'ho tenuto nascosto!» si lamenta lei cominciando a camminare velocemente verso le scale.
«Olimpia, aspetta!» le ordino di rallentare, ma senza risultato.
È molto determinata ed è anche parecchio suscettibile. Se qualcosa su cui si è fissata non ti va bene, si offende con estrema facilità.
Io non voglio che pensi che non approvo quello che sta facendo, mi fido di lei, ma mi preoccupo solo perché le voglio bene.
«Olimpia, per favore!» la urlo dietro mentre la rincorro correndo giù per le scale.

Improvvisamente, quando siamo quasi arrivate al piano terra, si ferma.

Si volta bruscamente verso di me. Con gli occhi lucidi.

«Olimpia... non volevo» sono mortificata.

Olimpia piange raramente, e quando lo fa è capace di farti sentire in colpa anche se non hai fatto niente.

«Vorrei solo che tu capissi.»

«Ci proverò, promesso» cerco di rassicurarla.

«Ah... e, ti prego, non dire niente a Tom ancora, sappiamo entrambe che potrebbe impazzire!»

«Non preoccuparti, rimane tra noi» le prometto.

Vedo che è subito più rilassata.

«Magari se te lo faccio conoscere sarai più tranquilla!» propone.

«Potrebbe essere un'idea, ma non ti garantisco niente!» le sorrido.

«Adesso andiamocene da qui» ordina ricordandomi che non siamo ancora uscite da scuola.

23

Varcato il cancello di ingresso mi faccio largo tra i tanti ragazzi che sono fermi davanti alla scuola a fumare una sigaretta dopo l'altra e a parlare dell'Inter e del Milan. Di cosa fare il prossimo sabato e di quella odiosissima prof di matematica, quella che ti mette sempre due, a prescindere.

«Vieni a pranzo a casa mia?» domando a Olimpia. Il mio stomaco brontola: ho davvero tanta fame.

Mi volto verso di lei in attesa di una risposta e la vedo impegnata a salutare, con la stessa enfasi che ha chi si conosce da una vita, gente che non ho nemmeno mai visto.

Decido di allontanarmi dalla massa informe di adolescenti in piena fase ormonale e, attraversata la strada, mi appoggio a un palo in attesa di Olimpia.

Ogni tanto non la capisco.

Perché circondarsi di tante persone se poi nel momento del bisogno non sei sicura di poter contare su di loro?

Un amico è qualcuno col quale coltivi un rapporto nel tempo, qualcuno capace di capire e accettare i tuoi difetti. Un amico è la prima persona che vuoi chiamare quando ti arriva una buona notizia, è qualcuno che riesce a dimostrarti di provare affetto nei tuoi confronti restando al tuo fianco anche nei momenti peggiori.

Come fa Olimpia a considerare tutte queste persone degli amici?

Come fa a essere sempre così aperta e carina con tutti?

Non le dà fastidio dover indossare costantemente una maschera?

Non sarebbe meglio poter essere sempre come ci si sente davvero con le poche persone di cui ci si fida, piuttosto che fingere di stare bene con tutti soltanto per la smania di piacere agli altri?

Detto questo, invidio molto il suo carisma, la sua capacità di socializzare perfino con i muri e la facilità con cui sorride a tutti, anche quando sotto sotto è triste.

Però penso che dovrebbe fare attenzione a non abusare di queste sue qualità. Non tutti quelli di cui si circonda sono realmente interessati al suo stato d'animo. E scommetto che, nel momento del bisogno, non sarebbero pronti ad aiutarla.

Non mi sono mai soffermata più di tanto ad ascoltare gli argomenti di cui parla con tutta questa gente, e se devo essere sincera nemmeno mi interessa, ma non credo che nessuno di loro le abbia chiesto come sta davvero.

E mi viene da pensare: che la mia amicizia non le basti? Che mi ritenga troppo immatura? Il solo pensiero mi fa sentire un peso inutile.

«Ehi!» una voce alle mie spalle mi distrae dai miei ragionamenti.

Riconosco subito il timbro caldo di Samuele e, ancora prima di voltarmi verso di lui, mi si stringe lo stomaco.

«Ciao!» rispondo appena i miei occhi incrociano i suoi.

«Tutto bene? Come mai sola?» mi sorride lui.

Sono stranamente più tranquilla rispetto a stamattina. Ma resta il fatto che non so come fare per convincerlo ad allontanarsi da me.

Non ho bisogno di nessun principe azzurro in questo

momento, sto benissimo da sola, come sono sempre stata. E il suo atteggiamento non fa che mettermi in imbarazzo.

«Tutto bene, sì... tu?» rispondo indicandogli Olimpia che, dall'altra parte della strada, continua a scherzare con un gruppo di ragazzi più grandi.

«Sì, sto bene, grazie. Non ti piacciono i suoi amici?»

«In realtà non ho nemmeno mai provato a conoscerli. Non m'interessa, non sono persone di cui ho bisogno. Sto bene così» dico cercando di tradurre i miei pensieri in parole, e sperando di non sembrare stupida.

«Dovresti aprirti di più alle nuove conoscenze. Se fai penare tutti quanto stai facendo penare me, non conoscerai mai nuove persone. Può essere più divertente di quanto pensi» mi fa notare lui con tono gentile.

«Ma perché per tutti è così difficile capire che non ho bisogno di nient'altro? Non mi serve un ragazzo, non mi servono altri amici. Sto benissimo con i pochi che ho intorno. Con loro non ho bisogno di sforzarmi di essere qualcuno che non sono, perché mi accettano così, con la mia goffaggine e con tutti i miei difetti e le mie insicurezze.» Sono così presa dal mio discorso, che non mi accorgo di aver alzato la voce. «Non amo dovermi sforzare di piacere per forza a tutti. E poi, non potrei mai accettare di affezionarmi a qualcuno a cui non piaccio per quello che sono davvero. Non so se mi spiego.»

Lui mi guarda come se mi stesse uscendo una nuvola di fumo dalle orecchie. Ho perso il controllo, realizzo, pentita di ciò che ho detto.

Ora il suo sguardo sembra rassegnato, scocciato, e ho paura che possa essersi offeso.

«Capito.»

«Non fraintendere, non parlavo di te, nel senso, mi ha fatto piacere conoscerti, ma non... non so come dire.» Mi blocco, incapace di continuare.

Non so essere cattiva, ma allo stesso tempo nemmeno buona, e non posso fingere che m'interessi solo per fargli un piacere.

Lui continua a fissarmi confuso, aspettando che io continui il mio discorso.

«Non...?»

«Non lo so, non...»

Avanti Meg, non fare la smidollata.

La verità è che odio parlare.

Odio dover esporre a voce i concetti che ho in mente.

Quando parlo è sempre buona la prima, devo riuscire subito a mettere in forma di parole quello che mi frulla in testa. Invece, quando scrivo posso correggermi, cancellare, rileggere. Ho il tempo, insomma, di ragionare sul modo migliore per dire qualcosa.

Poco fa non mi è stato dato il tempo per pensare a niente. Ed è stato un disastro.

Samuele mi fissa dritto negli occhi, mentre io cerco di guardare altrove per non incrociare il suo sguardo.

La mia bocca si storce in un sorrisino isterico senza che io possa controllarla.

Lui fa un passo indeciso verso di me.

«Devi solo lasciarti un po' andare.»

E prima di riuscire a dire qualsiasi cosa mi ritrovo con le sue labbra incollate alle mie.

Che cosa sta succedendo?

Ci stiamo *baciando*???

No, no, no.

Più in fretta che posso, indietreggio e lo guardo con aria di disappunto.

Mi aspetto delle spiegazioni, ma lui non fa altro che fissarmi. Resta immobile, con gli occhi spalancati.

Le nostre teste sono ancora troppo vicine.

Mi guardo velocemente intorno. Spero di non aver attirato l'attenzione di qualcuno della scuola. E, per fortuna, pare che nessuno abbia fatto caso a noi.

Riporto il mio sguardo su Samuele.

«Mi... mi dispiace» sospira.

Il suo sguardo perso e desolato mi rattrista.

Non volevo ferirlo.

La mia mente ripercorre l'attimo in cui le nostre labbra si sono toccate e il mio cuore inizia a battere più forte.

Mi tremano le gambe, non so come reagire.

Lo conosco così poco, è tutto così strano e insolito per me.

In questo momento vorrei solo che non fosse mai successo niente, rivorrei la mia routine, Olimpia al mio fianco e Samuele a casa sua, ignaro della mia esistenza.

Allo stesso tempo c'è qualcosa dentro di me che mi spinge, per una volta, ad ascoltare le parole di Olimpia.

«Ciao ragazzi!» un urlo interrompe i miei pensieri.

Tom.

Non so quale divinità devo ringraziare in questo momento, ma tiro un enorme sospiro di sollievo.

Mi volto verso Tom e le mie labbra si aprono in un sorriso nervoso.

Lui coglie al volo che la situazione non è delle migliori. Mi fa un cenno con la testa per chiedermi spiegazioni.

Cerco di fargli capire con uno sguardo che-gli-spiego-dopo, sperando che si risparmi domande scomode.

«Ehi!» lo saluto.

«Ciao» dice piano Samuele, che nel frattempo è sprofondato nell'imbarazzo.

«Che si dice?» domanda Tom, come se non si fosse accorto di nulla.

«Nulla, stavo giusto andando a casa, fai la strada con me?» rispondo senza mai spostare lo sguardo su Samuele.

«Grande, non mi andava di tornare da solo!» esulta lui. «Olimpia?» aggiunge poi.

Indico Olimpia, che sta salutando proprio in quel momento i ragazzi più grandi con cui scherzava qualche minuto prima per dirigersi verso di noi.

«In realtà volevo accompagnarti a casa, se non ti dispiace» s'intromette Samuele.

Pietrificata cerco lo sguardo di Tom: ho bisogno d'aiuto per uscire da questa situazione, ma lui è troppo impegnato a salutare Olimpia.

«Ohi, Tom!» strilla, proprio come al solito.

«Olly!» ribatte lui, strillando a sua volta.

«Quindi?» Samuele mi guarda insistente e speranzoso.

«Quindi cosa?» s'intromette Olimpia.

«Niente» cerco di sviare io.

«Ho chiesto a Meg se le andava un passaggio a casa, sono in moto» le spiega Samuele.

Ma perché non può starsene zitto?

Non si vergogna a essere così sfacciato?

Voglio dire, anche davanti ai miei amici riesce a essere così tremendamente carino con me? Anche dopo che l'ho palesemente respinto?

Vorrei tanto che riuscisse a capire che con lui non sono assolutamente interessata ad avere alcun tipo di contatto che vada oltre all'amicizia.

«Che cosa carina! Meg verrà sicuramente volentieri, vero? Non fare la timida!» mi incoraggia Olimpia.

La ghiaccio con lo sguardo e lei mi risponde con un ghigno soffocato.

Perfetto, ci mancava solo lei.

D'altronde gli ha dato un sacco di consigli su come conquistarmi, dovevo aspettarmelo.

Mi volto verso Tom per cercare conforto o aiuto almeno da parte sua, ma lui non fa altro che fissarmi con aria seccata.

Non li capisco proprio quando si mettono d'accordo e decidono qualcosa per me.

«Certo» mi arrendo riportando il mio sguardo verso Samuele e fingendo un sorriso.

Lui sembra molto felice, e ricambia il sorriso.

Situazione imbarazzante in arrivo.

«Ho parcheggiato la moto proprio qui all'angolo.»

«Bene. Andiamo.»

Lui saluta Olimpia e Tom, poi si dirige verso la moto.

Io aspetto che si allontani di qualche metro per voltarmi verso i miei amici.

«Questa me la pagate» sussurro minacciosa.

Olimpia ride, mentre Tom non si degna neanche di alzare gli occhi dal suo telefonino per salutarmi.

24

Seguo Samuele fino alla moto e appena arriviamo tira fuori dal bauletto posteriore un casco e me lo porge.

Estrae agilmente anche il suo, che sta sotto il sedile, mentre io m'impegno a infilare il mio senza che la massa dei miei capelli prenda il sopravvento.

Quando alza la testa per mettersi il casco e mi vede alle prese con l'impossibile laccetto per chiudere il mio scoppia a ridere.

Ok, questa volta rido anch'io.

«Sei buffa» mi prende in giro, ma con una certa dolcezza.

«Non è vero.»

Lui mi sorride.

Perché è così carino con me?

«Dài, sali.» Monta in sella e toglie la moto dal cavalletto.

Senza farmelo ripetere due volte, con tutta la mia goffaggine, mi siedo dietro di lui facendolo sorridere di nuovo.

«Tieniti stretta.» E, portando un braccio indietro, afferra la mia mano e l'appoggia dolcemente intorno alla sua vita.

Questa situazione un po' mi confonde e un po' mi piace. Non vado in moto da quando ero piccola. Da quando mio padre mi permetteva di mettere le mani sul manubrio, convincendomi che «stavo guidando io». E questo un po' mi mancava. Anche se essere abbracciata a Samuele non mi mette particolarmente a mio agio.

Mentre la mia mente vola su ricordi lontani, il vento continua a scompigliarmi i capelli che fuoriescono dal casco. Cerco di non farli svolazzare, ma è praticamente impossibile.

Quando arriviamo davanti al mio portone, riesco a scendere – non so come – dalla moto senza danni.

«Grazie del passaggio» dico a Samuele porgendogli il casco con un sorriso.

«Non c'è di che.»

Lui prende il casco dalle mie mani per rimetterlo nel bauletto posteriore.

Aspetto che l'abbia sistemato per salutarlo e voltarmi verso il portone.

Con la mano sinistra cerco le chiavi di casa nella tasca e sento Samuele afferrare la destra, tirandola bruscamente e facendomi ruotare verso di lui. Prima di riuscire a realizzarlo, mi ritrovo di nuovo a pochi centimetri dal suo viso.

«Non ti ho accompagnata fino a casa per lasciarti andare via così.»

Il suo respiro si unisce al mio mentre, confusa, continuo a fissare i suoi occhi fermi in un'espressione che non riesco a decifrare.

Come dovrei comportarmi adesso?

La mia testa è completamente annebbiata, i suoi enormi occhi verdi mi distraggono per un secondo dal pensiero di volermi allontanare.

Rimaniamo immobili qualche secondo.

Qualcosa dentro di me non vuole che io lo respinga ancora.

In questo momento vorrei avere la capacità di Olimpia di rimanere lucida in ogni situazione per poter pensare alla cosa più giusta da fare.

Mi tornano in mente le sue parole: «Meglio pentirsi che rimpiangere».

Così strizzo gli occhi e mi lascio trasportare da lui in un languido bacio.

Sento le sue labbra che iniziano a muoversi sulle mie e, appena Samuele capisce che non sto cercando di scappare di nuovo, porta le sue grandi mani sulla mia schiena e mi stringe a lui.

Per qualche secondo mi dimentico tutto.

Mi dimentico delle mie paure, delle mie insicurezze, sento solo il calore delle sue labbra e il battito del mio cuore che, per l'agitazione, sembra volermi sfondare il petto. Non so se ho fatto la cosa giusta, non so dove mi porterà tutto ciò, ma in questo momento mi sento libera dalle mie preoccupazioni e sono felice.

È la prima volta, dopo tanto tempo, che provo a buttarmi in questo modo ignorando le mie ansie e il mio rifiuto verso il genere umano.

Mi allontano da Samuele di qualche millimetro per riprendere il respiro e rendermi conto di ciò che è appena successo.

Ho baciato un ragazzo.

Mi è piaciuto.

È una sensazione davvero insolita e non so che cosa dire.

Sento una vampata di calore sulle guance, di sicuro sono completamente rossa dall'imbarazzo e me ne accorgo appena Samuele ridacchia strofinandomi con pollice la guancia destra.

«Ce l'hai fatta a lasciarti andare, finalmente» mi sorride e si passa una mano tra i capelli.

Non sono ancora sicura di aver agito correttamente, non sono ancora sicura di niente, però lui è davvero carino quando si sistema i capelli, e anche se non la smette nemmeno un secondo di fissarmi riesce a farmi sentire a mio agio.

Sorrido nervosamente.

Ora ho bisogno di stare un po' da sola per pensare a ciò che è appena successo.

«Adesso è meglio se salgo» dico.
«Immagino di sì» mi sorride ancora.
«Quindi ci vediamo... domani?» farfuglio indecisa.
«Certo. A domani» risponde abbassando per un secondo lo sguardo. «Mi concederai almeno una risposta a un messaggio, se stasera ti scrivo?» Alza gli occhi speranzoso, sembra un bambino che chiede il permesso alla mamma di andare al parco con gli amici.
«E va bene» mi arrendo.
Gli sorrido nervosamente per l'ultima volta, mentre con la mano comincio a cercare le chiavi nella tasca e contemporaneamente indietreggio di qualche centimetro.
«A domani» ripete lui avanzando verso di me.
Mi stampa un bacio veloce sulla bocca e si volta verso la sua moto.
Decido di non dire nulla e mi giro verso il portone.

25

Appena entrata in casa butto velocemente lo zaino e la giacca sul pavimento e mi lancio sul letto.

Affondo la faccia nel cuscino e, con tutta la forza che mi è rimasta in corpo, urlo.

Urlo tante volte, urlo fortissimo.

C'è qualcosa dentro di me che vuole uscire, ma non riesco a capire di cosa si tratta.

Senso di colpa?

Soddisfazione?

Non ne ho idea.

Non ho idea di niente.

Dovrei chiamare Olimpia?

Dovrei chiamare Tom?

Dovrei dirlo a mia madre?

Cosa fanno le persone in questi casi?

Perché sono così confusa?

Come si affronta questa situazione?

A chi si chiede consiglio?

C'è qualcuno di cui mi fido così tanto da dargli ascolto?

Riuscirò a smetterla di pensare e a calmarmi un secondo?

Ho fatto la cosa giusta?

Mi *piace* Samuele?

Ehi, mi sono appena chiesta se mi piace qualcuno?

Sono interessata ad avere qualcosa con lui?

Perché mi sono sentita così bene per un secondo e adesso mi sembra di aver sbagliato tutto?

Come faccio a sapere se sono innamorata?

Come fa una a sapere se è innamorata?

«Qualcuno mi aiuti...» bisbiglio, quasi disperata, tra me e me.

«Hai detto qualcosa Meg?» chiede mia madre irrompendo bruscamente nella mia stanza.

È incredibile come riesca sempre e solo a sentire quello che non deve assolutamente sentire.

«No, no mamma grazie, è tutto a posto» dico cercando di essere più convincente possibile.

«Sei sicura? Ti vedo strana... sembri... agitata» osserva lei avvicinandosi a me.

«Agitata? Io? Ti sembro agitata? Sono tranquillissima! Perché mai mi chiedi questo? Non sospetterai mica che...? Assolutamente no! Mamma come puoi pensare che io... insomma lo sai, non sono il tipo! Smettila di guardarmi così. Sono agitata?»

Cosa.

Cazzo.

Ho.

Appena.

Detto.

«Meg...?» La sua espressione è preoccupata.

Si siede affianco a me.

«Ti sei *drogata*?» domanda, quasi impaurita.

«Drogata?? Mamma, ma come ti salta in mente!» sbotto ritornando lucida per un secondo.

«Sembri matta, sei... innamorata?» azzarda poi.

«Innamorata? Io? Ma non dirlo nemmeno per scherzo! No! Ora vai via per favore!» Non riesco a controllarmi.

Il cuore mi batte fortissimo nel petto, sono imbarazzata, ho mai parlato davvero poche volte con mia madre di *questo* tipo di cose, ma non sono momenti che ricordo con piacere.

In ogni caso vorrei che se ne andasse.

«Ho avuto la tua età anche io... se non vuoi parlarne va bene, ma sappi che ti si legge in faccia.»

Se c'è una cosa che odio sono i genitori che usano l'espressione «sono stato giovane anch'io», o simili, in contesti totalmente inopportuni.

Se lei davvero avesse mai provato quello che sto provando io in questo momento non sarebbe nemmeno entrata in camera mia così.

«Non sono innamorata» ripeto.

«Ma...?» insiste.

«Ti è mai capitato di essere indecisa a proposito di quello che provavi per qualcuno?» domando senza pensare.

Dopo qualche secondo me ne sono già pentita.

«Certo. Ci sono due modi di innamorarsi: puoi innamorarti al primo sguardo oppure con il tempo. In entrambi i casi non te ne rendi mai conto subito, cerchi di negartelo finché è possibile, per paura.»

Mia madre e i suoi consigli filosofici.

Mi sento sollevata da questa sua osservazione a proposito dell'amore.

Allora succede a tutti.

Non penso di aver mai provato nulla di riconducibile all'amore in vita mia, e non penso proprio che Samuele sarà il primo ragazzo in grado di farmi innamorare.

Allo stesso tempo fremo dalla curiosità di sapere come potrebbe andare a finire.

«Non sei sicura dei sentimenti che provi per quel ragazzo?» mi interroga mia madre.

«In realtà no...» ammetto.

«Ti va di parlarmene un po' di più? Magari posso aiutarti» si offre lei.

Con amore. Amore materno. Lo sento. Mi rassicura.

«Non c'è molto da dire. Da un po' di tempo un ragazzo si è interessato a me. E molto. Si chiama Samuele. E la cosa mi ha stranita. Perché non sono abituata a ricevere attenzioni. L'ho respinto in malo modo. Lui non si è dato per vinto, fino a che, una decina di minuti fa, mi ha dato un bacio proprio qui sotto casa. Ero assolutamente sicura che non mi piacesse, ma qualcosa dentro di me adesso chiede che io approfondisca questa confusione. Anche i miei amici mi spingono a fidarmi di lui, ma io ho paura. Ho paura che non sia esattamente la persona giusta per sopportarmi in tutta la mia semplice e noiosa normalità. Sono insicura. Non mi sento mai all'altezza. Sono goffa e disordinata come i miei capelli. Una matassa difficile da pettinare.»

Sono sorpresa di me stessa.

Respiro.

Mi sento davvero bene.

Non l'avevo mai spiegato a parole.

Parlare delle cose allora funziona.

Mia mamma mi fissa per qualche secondo con gli occhi di chi la sa davvero lunga.

«Meg, dovresti solo lasciarti andare. Non conosco Samuele e non so se effettivamente possa essere quello giusto per te, ma se non ti butti non lo scoprirai mai» spiega dolcemente mentre mi accarezza i capelli. «Olimpia che dice?» domanda poi.

«Olimpia mi sprona sempre a buttarmi ovunque, per questo ho paura a parlarne con lei: è troppo preoccupata della mia "solitudine" per darmi un parere oggettivo.»

«Forse è arrivato il momento per te di fare un passo avanti» si limita a dire lei.

So di cosa sta parlando, ma non ho assolutamente voglia

di approfondire *quell'*argomento. Il mio passato è qualcosa di cui non parlo con piacere.

Decido di fidarmi di lei, di loro.

Forse davvero devo solo aprirmi all'inizio di qualcosa di nuovo.

«Grazie mamma.» Tiro un sospiro di sollievo. Le do un bacio e ci abbracciamo.

«Sono qui anche per questo. Adesso vado a finire di lavorare un po', poi ho da fare la spesa. Mi accompagni?» mi sorride.

«Certo» le sorrido di rimando.

Appena esce dalla stanza butto la testa indietro e mi lascio cadere sul letto.

Ok: ho baciato un ragazzo.

Ok: non è stato così male.

Ok?

Non è ok.

Devo chiamare Olimpia.

Passo l'ora successiva a subirmi l'esagerata esaltazione di Olimpia.

Durante la nostra telefonata conto circa 148 «ommioddio», 78 «non posso crederci», 93 «te l'avevo detto» e una decina di «dovete assolutamente uscire insieme di nuovo».

«Non correre troppo. Non ho ancora deciso niente, si tratta solo di un approfondimento» le ripeto, circa per la sessantasettesima volta.

«Certo! Approfondimento... nessuno corre, ma chi corre? Con calma, sì, sì! Ommioddio! (149) Ti giuro, non posso crederci! (79) Te l'avevo detto! (94) Te l'avevo detto! (95) Sono felicissima per te!»

Mentre continuiamo a parlare sento un suono provenire dal mio computer: una notifica di Facebook.

Mi avvicino al computer mantenendo il telefono all'orecchio: le urla di Olimpia non accennano a diminuire.

Apro Facebook e noto che qualcuno mi ha inviato un nuovo messaggio.

Improvvisamente un sorriso spunta sulla mia faccia.

Sto sorridendo per un messaggio?

Velocemente premo la casella dei messaggi nella speranza di trovare qualcosa da parte di Samuele. Ma rimango molto sorpresa.

È mio padre.

> Bella Meg,
> mi sono iscritto anche io a fb!
> Papi.

Scoppio a ridere.

«Cosa c'è da ridere?» mi interroga Olimpia.

«Mio padre... Si è iscritto a Facebook e mi ha appena scritto un messaggio» le spiego.

Scoppiamo entrambe a ridere per qualche secondo, poi Olimpia ricomincia a parlarmi di tattiche di messaggi che dovrei usare con Samuele.

Sorrido senza dare troppo ascolto a quello che dice. Le sue strategie social non mi interessano minimamente.

Ripenso a quanto è stato stupido da parte mia sperare in un messaggio di Samuele, e mi rimprovero mentalmente per averlo fatto.

«Tu piuttosto! Non mi hai più detto niente a proposito di Max!» la interrompo.

Lei sta zitta per qualche secondo.

«Che cosa vuoi sapere?» domanda con una punta di irritazione nella voce.

«Informazioni su questa mattinata d'amore!» la prendo in giro.

Lei però non ride con me.

«Non è divertente.»

«Olimpia! La smetti di nascondermi una delle cose più importanti che stai vivendo?» mi inacidisco.

«Sono consapevole del fatto che non approvi ciò che sto facendo e parlarne con te mi rende soltanto più preoccupata» confessa.

«Ti ho detto che voglio provare a essere dalla tua parte, ma se non mi racconti niente come pensi che possa comportarmi? Sono la tua migliore amica, è ovvio che mi preoccupo per te, dovresti essere felice di raccontarmi cosa ti succede!»

«E infatti è così, lo sai, ma con lui... con lui è diverso. Voglio tenermelo tutto per me, capisci? Non posso pensare che qualcuno possa portarmelo via, non adesso.»

«Come pensi che io possa portartelo via? Non l'ho mai visto nemmeno in foto. Sono interessata a te e a quello che ti succede però.»

«Non si tratta di questo! È solo che...» si interrompe.

«Solo che?» insisto.

«E va bene...» si arrende. «Cosa vuoi sapere?»

«Tutto!» strillo.

E per la prima volta si apre davvero con me a proposito di questo misterioso trentenne di Internet.

Mi racconta che si sono visti abbastanza spesso recentemente, non solo stamattina, e che lui riesce a farla sentire viva. Perché non la tratta da bambina. Che è una cosa che lei odia da morire.

Mi spiega che hanno un sacco di interessi comuni, che lui fa il cameriere in un piccolo ristorante in centro e che nel tempo libero suona la chitarra in una band. Mi racconta che non ha mai avuto una vera ragazza, ma che con lei sembra intenzionato ad avere una storia di quelle serie, mi recita a memoria alcuni loro messaggi e mi implora di starle vicino il più possibile.

Sembra davvero felice e presa da questo ragazzo così perfetto per lei. Decido di non insistere troppo con le mie paranoie, raccomandandole semplicemente di chiamarmi nel caso un giorno si accorgesse che c'è qualcosa di strano in lui.

Lei mi promette che starà sempre molto attenta, mi assicura che, anche se è più grande, non mi devo preoccupare, perché le ha dimostrato che di lui ci si può fidare.

«Devo correre a farmi la doccia!» mi dice alla fine e mi saluta velocemente prima di attaccare il telefono.

Faccio un sospiro. È il momento di fare i compiti per domani.

Apro il diario e scopro che ho anche matematica.

Non ci riuscirò mai da sola, stiamo facendo le parabole e non capisco niente, come al solito.

Decido di telefonare a Tom per chiedergli se ha tempo libero per venire ad aiutarmi, così posso anche raccontargli di Samuele.

«Buon pomeriggio, cara, a cosa devo la sua telefonata?» risponde dopo uno squillo. Il suo tono è scherzoso.

«Buon pomeriggio anche a te, Tom» sorrido. «Non è che per caso mi aiuteresti in matematica? Sono abbastanza disperata» lo imploro.

«Vuoi che venga subito da te?»

«Se puoi...»

Prima che mi arrivi la sua risposta, sento una voce femminile in sottofondo. Sono quasi sicura che sia quella di Olimpia.

Si sono visti e non mi hanno invitata?

«In realtà adesso non sono a casa, va bene se passo tra un'oretta?» mi domanda lui.

«Sei da Olimpia?»

«Da Olimpia? Ma come ti viene in mente, non ci vediamo mai senza invitarti, lo sai. Sono in giro con amici» mi spiega.

Davvero strano.

Non sento voci di sottofondo, potrei quasi scommettere che si trova in una casa, ma decido di fidarmi.

Ho appena passato più di un'ora al telefono con lei, in effetti: non possono essere insieme.

«Ok. A dopo allora.»

Attacco senza dargli tempo di rispondere e passo ai compiti di storia.

Nel corso del mio tentativo di studiare, però, mi sorprendo più volte a fissare il vuoto ripensando alla inedita, per me surreale, situazione in cui mi ritrovo.

Un ragazzo è interessato a me e ancora non riesco a capacitarmene.

26

Quando Tom suona al mio citofono mia madre mi ricorda che le avevo detto che l'avrei accompagnata a fare la spesa.

«Cazzo hai ragione!»

«Meg! Parla come una ragazza perbene, per piacere!» mi rimprovera lei.

Mi limito a sbuffare alzando gli occhi al cielo.

«Chi diavolo è? È lui? Non devi invitare le persone a casa senza chiedermelo e, soprattutto, quando hai preso impegni con me.»

«È Tom, è qui per aiutarmi con matematica. Hai ragione, mi ero completamente dimenticata della spesa, mi dispiace, se vuoi gli dico di aspettarci qui.»

«No. Non fa niente, sarà per la prossima volta!» si arrende.

«Ciao Cri!» esclama Tom entrando rumorosamente in casa mia.

«Ciao peste! Tutto bene?» scherza mia madre.

«Non c'è male!» le sorride lui.

Appena salutiamo mia madre ed entriamo in camera per incominciare a studiare, sento il telefono vibrare nella tasca posteriore dei miei pantaloni.

Lo tiro fuori e leggo sullo schermo esattamente ciò che speravo.

> Segnati il mio numero. Samuele. (Il tuo ovviamente l'ho avuto da Olimpia, non spaventarti!)

Sorrido guardando lo schermo del telefono, un po' imbarazzata.

«Chi è?» Tom interrompe i miei pensieri.

«Eh?!» esclamo.

«Chi ti ha scritto che ti ha fatto sorridere al telefono come un'ebete?»

Mi vergogno infinitamente, non posso confessargli che era Samuele.

«Ma nessuno, solo Olimpia!» mi invento.

«Fingerò di crederci» mi prende in giro lui. «E rispondigli prima che si offenda!» mi ordina.

Ridiamo entrambi.

«E va bene! È Samuele!»

Decido di rispondergli subito.

> Immaginavo. Dovete smetterla di complottare voi due!

Aspetto qualche secondo, rileggo qualche volta per controllare che non ci siano errori e poi premo INVIO.

«Quindi?» fa Tom.

«Quindi cosa?» chiedo, anche se già so cosa vuole sapere.

«Non dovevamo fare matematica?» ritorna serio.

«E non mi chiedi niente di Samuele?» domando, quasi offesa.

«Cosa dovrei chiederti?» si lamenta lui.

«Non ti interessa sapere come è andata avanti la faccenda?» insisto, desiderosa di raccontarglielo.

«In realtà no. Posso già immaginare e preferirei risparmiarmi sdolcinate manifestazioni di felicità da parte tua. Non fraintendere, mi fa molto piacere, ma voi ragazze esagerate sempre troppo quando si tratta di amore... e mi basta già vedere Olimpia tutti i giorni per questo tipo di cose. Con te sto bene proprio perché non ti comporti quasi mai *da ragazza*.»

«Ok...»

«Solo una cosa: digli di comportarsi come si deve perché altrimenti sai bene cosa gli può succedere. Non sopporto chi ti manca di rispetto. Penso non ci sia nemmeno bisogno di ricordarti di quando...» stringe i denti e lo interrompo prima che possa finire di parlare.

«Si. Mi ricordo» mi limito a dire.

Non mi piace mai riportare alla mente quell'episodio del mio passato.

E se solo Tom sapesse come sono davvero andate le cose, in questo momento sarebbe in prigione per omicidio colposo, quindi meglio evitare l'argomento.

«Quindi? Cosa devi fare per domani?»

«Le disequazioni con le parabole. Un inferno!» alzo gli occhi al cielo.

Tom ride.

«Meg... Sono facilissime.»

«Senti. Non ho scelto lo scientifico ma il sociopedagogico per un motivo. Se per te sono facilissime non significa che lo siano anche per il resto della popolazione. Adesso iniziamo che altrimenti non finiamo più.»

27

Sto passeggiando per corso Buenos Aires insieme a Olimpia.

È molto nervosa, anche se non so per che cosa, e mi ha costretta ad accompagnarla qui a fare shopping.

Cammina davanti a me senza dire una parola da almeno dieci minuti, ma conoscendola so che è meglio lasciarla stare quando fa così.

Poi, all'improvviso, si volta e mi implora: «Raccontami bene di ieri!».

«Siamo usciti, ed è stato tutto molto carino come al solito. Forse troppo» ammetto.

«Cosa vuol dire troppo?»

«Niente.»

«Non ti va mai bene niente! Ti lamenti sempre! Hai trovato un ragazzo perfetto che frequenti da due settimane e col quale non hai ancora avuto nemmeno una minima discussione. Cosa dovrei dire io?» borbotta.

Appunto.

Nemmeno una discussione.

Io e Samuele usciamo insieme da due settimane (quasi tre in realtà), ci siamo praticamente visti ogni giorno, e non abbiamo *mai* discusso per alcun motivo!

Si fa sempre andare bene tutto, decido io qualsiasi cosa.

Sto davvero bene in sua compagnia e il suo buffo modo di dimostrarmi affetto, esagerando nell'essere romantico, è adorabile.

Mi fa sempre ridere e non ho mai niente di cui lamentarmi... eppure ho paura. Ho paura lo stesso. Che a lungo andare diventi troppo. Troppo miele. Troppe attenzioni. Lo so, sembro incontentabile, ma questa non è vita vera.

Per esempio Olimpia mi piace proprio per la sua testardaggine, che spesso cozza contro la mia.

E mi piacciono le persone che mi impongono le proprie idee anche se poi mi tocca litigare.

Non mi lamento di Samuele, ci mancherebbe altro, è forse la cosa più bella che mi sia successa nell'ultimo anno e mezzo – oltre all'amicizia di Olimpia, s'intende, che però c'è sempre stata – solo che, secondo me, a questa «relazione» manca un po' di pepe.

«In che senso cosa dovresti dire tu? Mi dici cosa succede? Max ha fatto qualcosa di male?» le chiedo preoccupata per l'ennesima volta.

E lei, per l'ennesima volta, mi rassicura: «No. Va tutto bene».

So che sta mentendo, ma quando Olimpia non vuole dire qualcosa è davvero difficile farle cambiare idea.

«Fai come ti pare...» mi arrendo.

«Entriamo qui! Voglio assolutamente provarmi quel vestito!» esclama di colpo afferrando il mio braccio e trascinandomi dentro a H&M, uno dei suoi negozi preferiti.

Ci trovi vestiti abbastanza casual, non molto costosi, ma anche capi un po' più eleganti, per cui ultimamente Olimpia va matta.

È il classico elegante-ma-adatto-a-una-ragazza-del-liceo che le si addice molto.

Da quando frequenta Max ho notato che le piace sembrare un po' più grande delle nostre coetanee. Indossa spesso camicette, gonne e scarpe alte. Ma va detto che ha il fisico adatto a qualsiasi tipo di stile, quindi sta molto bene anche vestita un po' più «da grande».

Sono comunque molto incuriosita dal suo stato d'animo di oggi.

Sembra scocciata, e allo stesso tempo pare che si senta in colpa per qualcosa. E poi cammina con lo sguardo perso, rimuginando apparentemente su qualche faccenda a me ancora oscura. Non mi ha nemmeno accennato una virgola del suo problema, e ho davvero paura che possa trattarsi di Max.

«Mi tieni la borsa?» mi chiede gentilmente quando ci ritroviamo davanti al camerino.

«Certo, ti aspetto qui.»

Ha in mano più vestiti di quanti io ne abbia posseduti in vita mia.

«Signorina, non può sostare qui, può aspettare la sua amica subito qui fuori, se vuole» mi riprende la commessa.

Olimpia mi guarda sconsolata.

«Come faccio a farle vedere se mi stanno bene?» si lamenta lei.

«Può uscire con i capi addosso per farglieli vedere, ma lei non può rimanere qui, altrimenti si crea troppo casino!» spiega la ragazza.

«Uff, e va bene, sono davvero tanti, esco a farteli vedere solo quando ho dei dubbi» mi dice Olimpia dando un'occhiata alla grande quantità di vestiti che si è trascinata dietro.

«Va bene» mi limito a risponderle allontanandomi dai camerini.

Mi siedo su una poltroncina e appoggio la mia borsa e quella di Olimpia sul pavimento.

Appena le appoggio, però, vedo illuminarsi il telefono di Olimpia all'interno della sua borsa.

Magari è Max.

Ho voglia di controllare cosa sta succedendo.
Non posso farlo.
Se mi scoprisse si arrabbierebbe troppo.
E se sta davvero succedendo qualcosa di grave?
Se si è rivelato qualcuno di diverso da quanto diceva?
Se le ha fatto del male?
Devo controllare.
Sì, devo farlo per il suo bene.
Appena prendo il suo telefono in mano, però, sento la sua voce che strilla dal corridoio dei camerini.
«Margheritaaa!» mi chiama.
Mi affretto a ributtare il cellulare nella sua borsa e, un millesimo di secondo dopo, lei esce dalle cabine di prova.
«Che ne dici di questa? Troppo elegante o carina?»
«Mi piace. È elegante, ma non troppo, abbastanza classica, ti sta bene.»
È vero, sta proprio bene vestita così e inevitabilmente sorrido nel vedere che lo shopping sembra averle fatto dimenticare tutti i suoi problemi.
«Perfetto! Tieniti pronta per il prossimo outfit!» mi fa l'occhiolino e scompare di nuovo.
Devo controllare il suo telefono prima che ritorni.
Mi affretto a tirarlo fuori dalla sua borsa, inserisco velocemente il codice (6615, ce l'abbiamo uguale da sempre) e apro WhatsApp.
Con mia grande sorpresa, l'ultimo messaggio che ha ricevuto non è di Max, ma di Tom.

> Olimpia, hai capito, porca puttana?

28

Sono le uniche parole che riesco a leggere senza aprire la conversazione completa.

Stanno litigando?

Nessuno dei due mi ha detto niente.

Sono tremendamente curiosa. Anche se non dovrei farlo – è evidente che non si tratta più di cercare di proteggerla – la voglia di capire cosa sta succedendo è troppo forte.

Apro la chat e scorro in alto velocemente.

La conversazione di oggi inizia con un messaggio di Tom.

> T. Quando hai intenzione di dirglielo?

> O. Ancora con questa storia? Non vedi com'è felice?

> T. Ha il diritto di sapere la verità.

> O. Diamole del tempo. Quando le cose andranno definitivamente bene, ti assicuro che questa sciocchezza non sarà un problema!

> T. Sciocchezza? Margherita sta vivendo la sua prima vera relazione sulla base di un sacco di cazzate. Deve sapere la verità. Se questo non diventerà un problema, sarò solo più felice per lei!

Non capisco.

Stanno parlando di me?

Quale verità devo sapere?
Relazione fondata su un sacco di cazzate?
Quali cazzate?
Devo continuare a leggere.

> O. Secondo te è più importante il motivo per il quale Samuele si è avvicinato a lei o il fatto che adesso siano entrambi così felici? Che sia opera mia è un dettaglio irrilevante.
> T. Non è per niente irrilevante, Olimpia. E spero che tu le dica presto che dietro a tutto ci sei tu, che sei stata tu a spingere Samuele ad avvicinarsi a lei e che è tutto merito tuo se adesso la sua relazione sta iniziando così bene. Deve saperlo, cazzo!
> O. Ti ho già detto mille volte che glielo dirò quando sarà il momento. Non voglio rovinare le cose, sono entrambi così felici! Le serviva solo qualcuno con cui sbloccarsi e l'ho trovato. Lui mi ha detto che si sta affezionando davvero a lei e mi ha chiesto di non dirle ancora nulla perché ha paura di perderla.
> T. Non me ne frega un cazzo di quello che ti ha detto lui! O glielo dici tu o lo faccio io, non scendo a compromessi. Ti do tempo due giorni.
> O. Ma qual è il tuo problema con tutta questa storia? Mi spieghi il motivo della tua reazione così esagerata? Ti cambia qualcosa se lei lo scopre adesso o tra un mese?
> T. Sì.
> O. Perché?
> T. Penso che non ci sia nemmeno bisogno di dirtelo. Sai sempre tutto tu, no?
> O. ???
> T. Svegliati Olimpia, cazzo. Mi sembra evidente da un bel po' di tempo che provo qualcosa per lei. Non le ho mai detto niente e non ho intenzione di farlo, perché ho

troppa paura di rovinare la nostra amicizia. Non sai quanto mi sia difficile starle accanto, adesso che c'è lui a renderla felice nel modo in cui vorrei riuscirci io, ma lo faccio, lo faccio ogni giorno perché amo vederla finalmente serena, anche se non con me. Però non posso accettare che non sappia la verità, cazzo. Proprio non posso. Se deve essere felice, voglio che lo sia davvero e non sulla base delle stronzate che le avete raccontato. Non aveva bisogno di te e nemmeno di lui. Una persona che si prendesse cura di lei l'avrebbe trovata in ogni caso. A quanto pare il vostro intervento sta funzionando, ma cazzo, ditele la verità.

> T. E, per la cronaca, l'unico motivo per il quale Samuele è ancora tutto intero è che non voglio che Meg soffra.

> T. Olimpia, hai capito, porca puttana?

Non ci vedo più.

Sento la rabbia che si accende dentro di me come un fuoco.

Non riesco a credere a quello che ho appena letto.

Non riesco a staccare gli occhi dallo schermo.

Leggo e rileggo la conversazione che ho sotto gli occhi, per essere sicura di non sbagliarmi.

Non riesco più a trattenere le lacrime.

Le lascio scendere mentre continuo a fissare il telefono di Olimpia, incredula.

Non riesco nemmeno a riflettere su quello che ho appena scoperto.

Mi sento stupida.

Dovevo capirlo fin da subito.

Mi sento tradita.

Non posso credere che sia stata capace di questo.

Non posso credere che sia stato capace di questo.

Cosa dovrei fare adesso?

«Ecco il secondo outfit!» urla Olimpia spuntando dai camerini.

Alzo gli occhi, ancora pieni di lacrime e la guardo, arresa e sconsolata.

«Meg? Cos'è successo?» mi chiede preoccupata.

Non riesco nemmeno a urlarle addosso, non riesco a fare niente.

Mi limito ad alzarmi in piedi, avvicinarmi a lei e lasciarle cadere tra le mani il telefono, ancora aperto sulla chat che ho appena letto.

Mi volto senza darle il tempo di spiegare, anche perché da spiegare non c'è assolutamente niente. Mi avvio lentamente verso le scale.

Il mio sguardo è perso nel vuoto.

Qualcosa dentro di me si è spezzato, di nuovo.

«Meg, aspetta! Fammi spiegare» mi afferra per un braccio e mi tira verso di lei.

«Cosa cazzo c'è da spiegare?» finalmente mi libero, riesco a gridare fuori tutta la mia delusione.

«L'ho fatto solo per il tuo bene, Meg» sospira lei.

«Per il mio bene? Porca troia, Olimpia, ti facevo più sveglia. Sai che odio queste cazzate, sai che stavo benissimo anche da sola, che una persona prima o poi l'avrei trovata, che sarei riuscita a fidarmi di nuovo, con il tempo. Non avevo assolutamente bisogno del tuo cazzo di aiuto!» Adesso sto proprio sbraitando. Inizia lo spettacolo per lo staff e i clienti di H&M, che ci fissano tutti.

Non riesco a controllare le lacrime, che adesso sono di rabbia e scendono a fiotti sulle guance rosse.

Nel petto il cuore batte fortissimo.

Avrei voglia di rompere qualcosa.

«E invece nelle ultime settimane eri così felice... Samuele ha smesso di fingere dal giorno in cui siete usciti insieme per la prima volta. Il mio intervento è stato quasi casuale, vi ho solo aiutati a trovarvi... gli ho solo detto di provarci con te, e così quando ti ha incontrata per caso sulla 60, ecco, lui l'ha fatto...» cerca di spiegare, mantenendo una calma che m'infastidisce ancora di più.

Non ci vedo più.

Non posso credere che invece di implorare il mio perdono per quello che mi ha fatto, Olimpia continui a sostenere di avere ragione.

«Non mi sono mai sentita più tradita di così in vita mia, e da te proprio non me l'aspettavo. Proprio tu, che hai sempre saputo tutto, che avresti dovuto capire meglio degli altri la mia scarsa fiducia nei confronti degli altri. Proprio tu, che invece di forzarmi avresti dovuto starmi accanto e sostenermi. Cazzo, non ho parole.» Mi esce un flusso ininterrotto di lacrime, non faccio pause, ho solo bisogno di liberarmi dal nodo strettissimo che mi si è creato nello stomaco.

«Meg, ma ti rendi conto che sono passati quasi due anni? Devi voltare pagina! Immagino quanto possa essere stato difficile per te, ma se non avessi chiesto a Samuele di avvicinarsi a te, non ti saresti mai sbloccata. State così bene, dovresti solo ringraziarmi!» adesso urla anche lei. E intorno a noi il pubblico è sempre più gremito.

«Non ho parole, Olimpia. Non pensavo che potessi arrivare a tanto. Addirittura spingerti a un argomento del genere, senza nemmeno chiedere scusa. Pretendi anche di avere ragione. Non sei per niente come pensavo. Non voglio mai più avere niente a che fare con te. Mi fai schifo.»

«Mi dispiace, ok? Mi dispiace da morire, ma ti prego, non dire così. Sai che abbiamo bisogno l'una dell'altra e so che capirai che l'ho fatto solamente per il tuo bene!» dice abbassando la voce e avvicinandosi di qualche passo.

Io indietreggio. «Non provare nemmeno a toccarmi. Vaffanculo. VAFFANCULO!»

«Meg...» Ora la sua voce è spezzata.

«Era troppo bello per essere vero, cazzo! Una persona che

s'interessa così tanto a me. Dovevo arrivarci fin da subito. Che idiota!»

Olimpia inizia a singhiozzare.

«Piangi un po', che ti fa solo bene. Rifletti sulla persona di merda che sei. Ciao.»

E detto questo mi volto velocemente e raggiungo le scale.

«Meg, ti prego!»

Continuo a camminare imperterrita.

Credo seriamente che potrei svenire da un momento all'altro.

Non riesco ancora a realizzare del tutto quello che è appena successo.

Mentre varco l'uscita del negozio, il mio telefono squilla.

È mia madre.

Tempismo perfetto.

Decido di ignorare la sua chiamata.

Devo assolutamente vedere Samuele.

Senza pensarci troppo, raggiungo la fermata del 9, che porta a casa sua.

Appena salgo sul tram estraggo il telefono dalla tasca destra e digito il suo numero sulla tastiera.

Conosco anche il suo numero a memoria: non c'è che dire, sono pessima.

Risponde dopo tre squilli.

«Tesoro!» mi fa.

«Sei a casa?»

«Certo, sto studiando per domani, perché? Va tutto bene?»

«Sto arrivando.»

«Ok... sicura che vada tutto bene?»

Riattacco senza rispondere.

Non so neanche da dove cominciare.

Non ho praticamente mai avuto un ragazzo, figuriamoci se so come si affronta una rottura!

Però voglio essere breve, ma intensa.

Non ho intenzione di lasciargli la possibilità di spiegare.

Non voglio proprio sapere assolutamente niente.

Voglio solo che lui e Olimpia spariscano dalla mia vita più in fretta possibile.

Una situazione del genere era davvero l'ultima cosa che mi serviva per dimenticare il mio passato.

Samuele mi richiama tre volte durante il tragitto, ma non rispondo.

Quando arriva il momento di scendere dal tram, le mie gambe iniziano a tremare. Raggiungo in fretta il portone di casa sua e, come faccio sempre, mi fermo qualche secondo a osservarlo.

La familiarità che mi ha sempre ispirato sembra improvvisamente svanita.

Non cerco più di memorizzare ogni particolare del profumo che si sente già davanti al portone d'ingresso.

Prendo velocemente il mio smartphone e lo chiamo.

Questa volta risponde subito.

«Piccola mia! Mi spieghi cosa sta succedendo? Perché non mi hai risposto?»

«Scendi.»

«Scendi?»

«Scendi.»

Non se lo fa ripetere due volte, chiude la conversazione e nel giro di un minuto è già davanti a me.

«Tesoro, perché vuoi farmi preoccupare? Spiegami subito cosa succede!» dice prendendomi il viso tra le mani. «Hai pianto? Hai gli occhi lucidi e il trucco è tutto sbavato...»

Cerco con tutte le mie forze di ricacciare indietro le lacrime, che sembrano decisamente intenzionate a sgorgare, e mi allontano da lui di qualche passo.

«Va tutto bene?» domanda ancora.

«No.» Coraggio, Meg, mantieni la calma. Respira.

«No? E cosa è successo?»

«È successo che ho scoperto la verità.» Parlo come se fossi in apnea, sono senza fiato.

Non riesco più a fermare le lacrime, quindi lascio che scendano sul mio viso.

«Verità? Quale verità?» sorride lui nervosamente.

So che ha capito.

«Mi dispiace tanto, ma non ho altro da dirti» rispondo con un filo di voce.

«Meg, ma cosa stai dicendo?»

«Non ho alcuna voglia di ripeterlo. So che hai capito benissimo di cosa sto parlando e mi dispiace, ma non sono il tipo che perdona qualcosa del genere. Dovevate entrambi essere onesti con me fin dall'inizio. E non è stato così. Adesso è troppo tardi per dire qualsiasi cosa.»

Vorrei arrabbiarmi di più, ma sono troppo dispiaciuta per farlo.

«Meg, ti prego, non dire così. Mi dispiace, mi dispiace da morire, ma non avrei insistito così tanto se non mi fossi piaciuta davvero! Sto benissimo con te. Olimpia mi ha solo spronato ad avvicinarmi, tutto quello che c'è stato dopo era vero! Perdonami. Ti prometto che non mentirò mai più. Ho bisogno di te, ormai. Sei una parte fondamentale delle mie giornate, non andartene adesso.» Il suo sguardo e la sua voce m'implorano, ma io mi sento vuota, non sento più nulla.

«Dovevi pensarci prima. O forse avrei dovuto capire io che nessuno può essere disposto sul serio a interessarsi a una persona come me.» Guardo in basso. «In ogni caso, adesso è tardi per dire tutte queste cose. Stavo tanto bene anche io, ma come sai le bugie sono ciò che odio di più al mondo. Purtroppo non posso sopportarlo.»

«Ti prego, non dire così.»

S'inginocchia davanti a me e prende le mie mani con le sue. Non posso guardare.

«Mi dispiace.»

29

Mi libero dalle sue mani e mi volto.

Aspetto, ma lui non dice niente.

Poi mi avvio, senza voltarmi.

Il mio sguardo è perso.

Tiro fuori dalla tasca sinistra il mio telefono, dalla tasca destra le mie cuffiette.

Le infilo velocemente nelle orecchie e faccio partire la mia playlist.

E infatti parte *Human* di Christina Perri.

La ascoltavo spesso in un periodo molto difficile della mia vita – quel periodo di cui non voglio più parlare – e adesso non è sicuramente d'aiuto.

«Riproduzione casuale del cazzo» dico a bassa voce.

Io e lo shuffle non siamo mai andati d'accordo, riesce sempre a scegliere per me la canzone sbagliata, nel momento sbagliato (o quella giusta, nel momento giusto, dipende dai punti di vista).

Eppure qualcosa dentro di me mi impedisce di mandare avanti.

Ascoltando le parole della canzone, non riesco a smettere di piangere.

Cammino senza sapere dove sto andando.

Non riesco a fermarmi.
Come hanno potuto farmi questo?
Come farò senza di loro?
Come farò a superare questo dolore?
Ho perso il senso del tempo. No so da quanto stia camminando. Né dove sia.
Poi, di colpo, la musica si interrompe e il mio telefono squilla.
È mia madre.
E mi rendo conto che sono già le sette.
«Pronto mamma...» rispondo singhiozzando.
«Amore mio! Ma dove sei finita? Stai piangendo? Cosa è successo?» chiede, ma il tono è più severo che affettuoso.
Non mi sono fatta sentire oggi, e non trovandomi a casa tornando dal lavoro dev'essersi preoccupata per me.
«Un casino mamma... Olimpia e Samuele... loro...» cerco di spiegarle. Invano.
Le lacrime mi impediscono di mettere insieme una frase di senso compiuto.
«Dove sei?» mi domanda.
«Non lo so, mamma, non lo so. Aiutami.»
«Come non lo sai? Meg, stai bene? Stai tranquilla, fai un bel respiro e spiegami cosa sta succedendo» ordina.
«Mi sono persa, credo» sospiro.
«Mandami la posizione su WhatsApp che ti vengo a prendere!» annuncia.
«Che mamma tecnologica...» riesco a scherzare. «Grazie» aggiungo poi.
Lei non dice niente, fa un respiro profondo e riattacca.
Appena arriva esige di sapere che cosa mi è successo.
Cerco di spiegarle la situazione senza scoppiare a piangere di nuovo, ma non ci riesco.
Tra un singhiozzo e l'altro, però, le racconto più o meno tutto. Anche se ometto Tom dal mio racconto.

Non ho ancora avuto il tempo di pensare alle sue parole. Lui non può davvero provare qualcosa per me, siamo amici da sempre, è qualcosa di cui non avevo mai sospettato nulla.

«Che stronza Olimpia» si limita a commentare mia mamma.

«Vorrei solo non esserci mai cascata...»

«Tu non hai colpe» mi rassicura.

Una volta giunte a casa le chiedo gentilmente di lasciarmi sola fino a domani e mi chiudo in camera.

Non mi sono mai sentita così sola in vita mia.

Non ho nessuno da chiamare, nessuno con cui confidarmi.

Tutti coloro che mi erano vicini, per un motivo o per l'altro, non lo sono più. E non ho altri amici da chiamare.

Le persone a cui ho sempre dato fiducia mi hanno dimostrato di non essere chi pensavo che fossero. Adesso mi sento abbandonata e stupida.

Mi sento l'intero mondo collassare addosso. L'aria è pesante. Sono completamente persa.

Cosa ho sbagliato?

È colpa mia?

Il problema sono io?

Sono consapevole di avere un carattere difficile, di non essere tanto aperta a causa dei mille problemi che ho avuto in passato. Tendo a isolarmi nel mio mondo e a non permettere a nessuno di entrarci. Spesso, poi, mi incazzo per le cose più stupide. So che non è per niente facile starmi accanto, non sono brava a spiegare ciò che sento, non riesco a esprimere i miei sentimenti e, spesso, per paura di non essere capita, evito le discussioni e mi tengo tutto dentro. E non dico che vorrei essere capita, vorrei solo essere rispettata. Mi piacerebbe avere accanto qualcuno capace di accettarmi come sono. Non ho bisogno di essere compiaciuta o aiutata, ho solo bisogno di essere affiancata. Vorrei qualcuno capace di camminarmi a fianco, anche quando non gli chiedo io di farlo.

Vorrei essere speciale per qualcuno.

Vorrei qualcuno accanto che quando non ci sono sente la mia mancanza.

Vorrei essere abbastanza per qualcuno.

Vorrei sentirmi a mio agio con me stessa.

Vorrei essere amata e imparare ad amarmi.

E se anche la persona che meglio mi conosceva al mondo, che più di tutti mi è stata accanto nei momenti difficili, mi ha dimostrato di non essere in grado di capire di cosa ho bisogno, come farò a fidarmi di nuovo di qualcuno?

Fisso il vuoto da ore e vorrei solo esplodere.

La testa si fa sempre più pesante sul mio collo.

Sono seduta sul mio letto, con la schiena appoggiata al muro, immobile.

Ho pianto così tanto che penso di aver finito le lacrime.

Ho raggiunto il limite.

Ho mille domande, mille preoccupazioni, mille dubbi, un casino di cose da raccontare e nessuno a cui rivolgermi.

Forse è questa la solitudine.

30

Quando sento la sveglia suonare, per un secondo, spero con tutte le mie forze di aver fatto solo un brutto sogno.

Purtroppo mi accorgo che non è così. Sollevo la faccia, il cuscino completamente macchiato di trucco.

Non mi ricordo nemmeno come mi sono addormentata ieri sera. Strofinandomi gli occhi posso però dedurre che non mi sono preoccupata di struccarmi. Mi tolgo le coperte di dosso, e mi rendo conto di essere ancora vestita, deduco anche quindi che non mi sono nemmeno infilata il pigiama.

È sabato. La mia voglia di alzarmi da questo letto per affrontare la scuola e le tre persone che meno vorrei vedere in questo momento sulla faccia della terra è inesistente.

Mia mamma, però, non capirebbe se le chiedessi di non obbligarmi ad andare a scuola, così decido che forse è meglio fingere di andarci e rintanarmi in un bar a caso per qualche ora.

Mi preparo senza nemmeno cambiarmi i vestiti che ho addosso da ieri.

Mi lavo velocemente la faccia, senza curarmi minimamente di truccarmi di nuovo, prendo lo zaino del tutto inconsapevole di quello che contiene e, dopo aver accennato un saluto ai miei genitori ancora mezzi addormentati nel loro letto, esco di casa.

Appena fuori mi ricordo che mi sono rimasti solo due euro che, se voglio passare la mia mattinata in un bar, non sono proprio il massimo.

Così decido di correre di nuovo in casa per chiedere a mia madre altri soldi con la scusa che mi servono per un progetto di scienze. Lei, senza fare troppe domande, mi lancia gli ultimi cinquanta euro che le sono rimasti nel portafoglio e torna nel letto.

Non prendo la 60, perché ho paura di incontrare Tom, e decido di andare al bar-tabacchi di via Gustavo Modena, tanto, conoscendo Olimpia, oggi lei non verrà, quindi mi sembra un approdo sicuro, in cui non dovrei incontrare nessuno al corrente della mia esistenza.

Ordino un cappuccino.

La ragazza gentile che serve al bancone mi invita ad accomodarmi, mi servirà lei non appena sarà pronto.

Cancello tutti gli ultimi, pietosi, messaggi di Samuele dal mio telefono. Mi volto verso la vetrata del bar che dà sulla strada e per poco non cado dalla sedia.

Il mio cuore si ferma per un secondo quando vedo Samuele e Olimpia passare proprio davanti ai miei occhi.

Non si voltano verso di me e nemmeno entrano nel bar, ma tirano dritto in direzione della scuola.

Sento le lacrime che con prepotenza cercano di nuovo di prendere il sopravvento sulla mia vita, ma deglutisco e riesco a ricacciarle indietro.

Samuele ha provato a contattarmi su WhatsApp, Facebook, dappertutto, ma non ho intenzione di rispondergli, anche perché sono stata chiara. Tra noi è finita. Per sempre.

Spostando lo sguardo verso il bancone del bar, vedo centinaia di pacchetti di sigarette di marche e colori diversi che mi osservano.

Non sono mai stata tentata dal fumo e ho sempre odiato l'odore acre delle sigarette.

Quando le persone soffrono, però, di solito o bevono o fumano, no?

Mi chiedo se davvero qualche tiro di sigaretta possa essere capace di rilassarmi per un po' e attutire il dolore, come ho sempre letto nei romanzi.

Dopo la giornata di ieri tutto ha così poco valore per me che non la vedo più come una cosa tanto sbagliata, quindi, senza pensarci troppo, mi dirigo verso il bancone. È giunto il mio momento di provare.

«Come posso aiutarti?» mi accoglie gentilmente un ragazzo.

Cazzo.

Cosa devo chiedere?

«Marlboro Gold?» chiedo indecisa, senza pensarci troppo.

È l'unica marca di sigarette che conosco, solo perché le fuma spesso Tom.

«Ti serve anche l'accendino?» domanda lui.

Allora si vede proprio che è la prima volta che provo a fumare, penso.

Ed effettivamente, non ne possiedo uno.

«Sì, prendo questo» annuncio afferrando il primo accendino che mi capita sotto mano.

«Sono sei euro e venti centesimi» mi informa mentre, sorridendo, mi porge il mio pacchetto di Marlboro Gold ancora perfettamente chiuso.

Pago velocemente e, tornando al mio tavolino, noto che il barista sorride di me.

Come prima volta, però, sono andata abbastanza bene, credo. O no?

In ogni caso trovo il suo comportamento alquanto irrispettoso.

Mentre rimugino osservando il pacchetto di sigarette ancora sigillato che ho tra le mani, il cappuccino finalmente arriva. Mi affretto a berlo, perché lo preferisco quando è molto caldo. E passo la mezz'ora successiva a fissare il vuoto. La testa è in subbuglio.

Non riesco ancora a realizzare tutto quello che ho vissuto.

Sono ferita e spaesata. Il cuore in disordine.

Ho avuto sempre pochi amici. Ma quelli erano indispensabili. Ora, invece, sono sola.

Quando decido che è il momento di affogare i miei dispiaceri nel mio primo tiro di sigaretta prendo tutte le mie cose e mi siedo sulla panchina appena fuori dal bar.

Già mi sto pentendo, è febbraio, c'è freddo.

Tiro fuori il pacchetto di sigarette dalla tasca e rimuovo, non senza qualche difficoltà, il cellophane che lo avvolge.

Una volta aperto, estraggo una sigaretta e la appoggio tra le mie labbra.

Sono inesperta e imbranata. Con l'accendino brucio la punta della sigaretta provocando un odore insopportabile. Ma mi si spegne subito.

Perché lo sto facendo?

Mi fermo per qualche secondo.

In realtà non lo so di preciso, ma niente può essere peggio di ciò che ho dentro in questo momento, quindi porto di nuovo la sigaretta tra le mie labbra e la accendo. Ancora goffamente.

Quando sono convinta che il fuoco non serva più, conto fino a tre e aspiro forte. Il fumo mi invade la gola e scende nei polmoni. Il sapore è forte e mi sento bruciare.

In un istante mi ritrovo piegata in due a tossire rumorosamente tutto il fumo che ho appena lasciato entrare nel mio corpo.

Che cazzo di schifo queste sigarette.

Come dovrebbero rilassarmi se non riesco nemmeno a smettere di tossire?

«Primo tiro, eh?» una voce stranamente familiare attira la mia attenzione.

31

Alzo la testa e vedo Stefania Corsini. È una mia compagna di classe parecchio strana. Non ricordo di averle mai rivolto la parola, se non per questioni scolastiche. È una persona solitaria, cupa, veste sempre di nero ed è piena di piercing e tatuaggi. Porta lo smalto nero e si trucca pesantemente intorno agli occhi. Ha i capelli neri, ma le piace dare sfogo alla sua fantasia colorando ogni mese le ciocche posteriori di una tonalità diversa, dal viola all'arancio.

«Cosa ci fai qui?» butto lì, anche se avere una conversazione con lei è l'ultima cosa che vorrei, adesso.

«Potrei farti la stessa domanda» osserva lei.

Poi scoppia a ridere.

Io la fisso finché non capisce da sola che è il caso di smettere.

Senza nemmeno chiedermi se sono d'accordo si siede accanto a me.

«Come mai sei sola? Non c'è la tua amica del cuore sempre con te?»

Sento un nodo salire dallo stomaco alla gola.

La persona più sbagliata che mi fa la domanda più sbagliata nel momento più sbagliato.

È così assurdo che mi viene da ridere.

«È una storia lunga» dico, per evitare di doverle troppe spiegazioni.

«Scommetto che si tratta di quel ragazzo con cui ti ho vista recentemente, vero?»

Quando si dice: rigirare il coltello nella piaga.

«Diciamo di sì, ma non è come pensi» mi limito a risponderle, sperando che la smetta di farmi domande.

Non si è mai avvicinata a me, non abbiamo mai parlato, perché deve farlo proprio oggi che non ne ho assolutamente nessuna voglia?

Abbasso lo sguardo sulle mie mani e fisso per qualche secondo la sigaretta, ormai spenta, che tengo goffamente tra l'indice e il medio.

«Quindi hai deciso di fare il tuo primo tiro di sigaretta perché sei depressa?» Stefania prosegue nel suo interrogatorio.

È davvero strana forte.

E, anche se la sua presenza mi infastidisce, non posso fare a meno di sorridere: la sua domanda è azzeccatissima.

«Più o meno» ammetto.

«Se vuoi ti insegno, perché sembravi veramente imbranata vista da lontano.»

Sorridiamo entrambe.

«In realtà non mi è piaciuto granché» osservo. «Ma voglio comunque imparare.»

Che situazione assurda.

Sono così disperata che mi sto facendo insegnare da quella sfigata di Stefania Corsini come si fa un tiro di sigaretta.

Ma dove sta andando a finire la mia vita? Mi adeguo, tanto sono un libro aperto, mi sento una sfigata pure io.

«Tossirò di nuovo?» le domando poco prima di aspirare ancora seguendo le sue indicazioni.

«Può essere. Ma le prime volte è sempre così» cerca di rassicurarmi.

Chiudo gli occhi, conto fino a tre, e aspiro di nuovo.

Con mia grande sorpresa, però, ora non tossisco.

Non sono mai arrivata a questo punto con una sigaretta, quindi, ancora con la bocca chiusa, guardo Stefania in cerca di un consiglio.

«Adesso butta tutto fuori» mi spiega facendomi segno di soffiare con le labbra.

Faccio come mi ha detto e osservo una nuvola di fumo bianco uscire dalla mia bocca.

Figo, nessuna convulsione, ma schifoso.

Il sapore che mi rimane in bocca non mi piace per niente, così decido di regalare a Stefania il resto della mia sigaretta.

«Tu come mai sei qui?» le chiedo per evitare una pausa di silenzio imbarazzante. Intanto la osservo armeggiare con la mezza sigaretta che le ho dato, cercando di imparare qualcosa.

«Non mi andava di essere interrogata in inglese» mi spiega. «E, non so se l'hai notato, ma il sabato spesso non ci sono» aggiunge.

«C'è una ragione particolare?»

«Semplicemente ho di meglio da fare. Di solito con me c'è anche il mio gruppo di amici, i ragazzi della quarta B, oggi però hanno fatto gli sfigati e sono andati a scuola a fare la verifica di scienze, quindi sono da sola.»

«Capito» mi limito a rispondere.

Un secondo dopo aver pronunciato l'ultima parola ritorno in me e cerco di rendermi conto di quello che è appena successo.

Sono seduta su una panchina vicino alla scuola insieme a una persona, completamente diversa da me, con cui non ho praticamente mai parlato e con cui non ho nessuna confidenza, che ha appena cercato di insegnarmi a fare un tiro di sigaretta... e non mi sento per niente a disagio.

Cosa mi sta succedendo?

La giornata di ieri deve avermi fatto veramente male.

Tutto ciò che ho sempre provato è come annebbiato dalla rabbia e dalla tristezza che mi mangiano il petto da ieri sera.

Non mi importa più di niente, non riesco a dare più senso alle cose.

Non mi interessa non essere entrata a scuola questa mattina, non mi sono minimamente preoccupata del fatto che mia madre potrebbe scoprire che non sono dove dovrei essere o che i miei professori potrebbero arrabbiarsi con me.

«Se non vuoi che la professoressa di inglese ti apra il culo in due ti conviene seguirmi.» Stefania interrompe improvvisamente i miei tristi pensieri.

«Come?» domando, confusa.

«Sono le 9.30, la professoressa di inglese il sabato a quest'ora viene sempre qui a bere il caffè insieme alla bidella del secondo piano. Se vuoi evitare che ti trovi qui e ti apra il culo in due, ti conviene venire con me» mi spiega.

«E dove andiamo?» domando, ancora confusa.

«Ci sono una decina di bar solo in questo isolato, possiamo andare dove vuoi, basta che non restiamo qui!»

«Capito, ti seguo.»

Lei non se lo fa ripetere due volte, si alza e inizia a camminare per via Gustavo Modena, nella direzione opposta alla scuola.

Sono ormai un paio d'ore che siamo sedute a un bar che fa angolo, tra via Castel Morrone e via Modena, e Stefania ha passato gli ultimi venti minuti a parlarmi dei due ratti che ha adottato da qualche mese e dell'amore infinito che prova per loro.

Penso che è fortunata e che forse dovrei adottare un animale anch'io – anche se meno schifoso, certo – per sentirmi meno sola.

Rimaniamo al bar fino a mezzogiorno. Parliamo di molte cose, o meglio, Stefania mi parla di molte cose: dei suoi amici, del suo stile di vita dark, del suo amore per il nero, del suo odio per gli hipster, con quei pantaloncini stretti e il risvoltino, mi spiega i diecimilaottocento motivi per i quali ha deciso di diventare vegetariana. Io mi limito a interessarmi ogni tanto con qualche domanda e ad annuire costantemente, ascoltando metà delle cose che mi dice.

È veramente matta, e non avevo idea che fosse così logorroica, ma la sua compagnia non mi dispiace.

Dice una parolaccia ogni tre parole, ma la cosa ha smesso di infastidirmi quasi subito.

Mentre continua a cercare di convincermi del fatto che diventare vegetariana mi aiuterà a diminuire persino i dispiaceri dovuti alle mie delusioni in fatto di amore e di amicizie, decido di dare un'occhiata al telefono per vedere se è successo qualcosa di nuovo sui social network.

Le mie notifiche sono sempre delle stesse tre persone. E ovviamente in questo momento tutti i miei profili sono morti.

Decido di condividere su Twitter *Fight Song* di Rachel Platten. Penso che sia la canzone giusta per la giornata di oggi.

Controllo Facebook per vedere se qualcuno ha postato qualcosa di nuovo e di più interessante delle elucubrazioni sulle verdure che mi sta propinando Stefania.

Il primo post che mi compare in cima alla schermata è di Tom.

Ha condiviso una canzone.

Elevated degli State Champs.

Devo assolutamente ascoltarla.

«Hai delle cuffiette?» interrompo Stefania che blatera di centrifugati di zenzero, arance e carote.

«Cuffiette per cosa?» domanda stranita, ritornando dal pianeta-verdura.

«Per ascoltare la musica forse?» le spiego scocciata.

«Ah, sì, tieni!» risponde senza perdere nemmeno per un secondo la sua enfasi riguardo allo zenzero.

È fatta? Si droga?

Mi passa le cuffiette.

Sono macchiate ovunque e tutte consunte.

«Mi piacciono così, sono più rock» commenta lei. «Ma cosa devi sentire?»

«Una canzone, vuoi?» le dico mentre con la mano destra le porgo un auricolare.

«Spero solo non siano merdate tipo One Di*cosi* o vaffanculo, robe di quel tipo...» si lamenta prendendo la cuffietta.

«Non so che canzone sia, in realtà l'ha condivisa su Facebook un mio...» mi interrompo improvvisamente. Una fitta. Mi torna il nodo alla gola che non mi ha abbandonato per tutta la notte.

«Un tuo ex scommetto!» presuppone lei, senza il minimo tatto.

«No, è complicato, e non saprei se definirlo amico o meno in questo momento» cerco di spiegarle.

«Parlare dei propri problemi è il primo passo per risolverli» filosofeggia.

Inevitabilmente sorrido.

Ma cosa ci facciamo in questo bar io e lei?

Due universi completamente diversi che si sono incontrati.

Si sta offrendo volontaria per ascoltare i miei problemi?

Anche lei è qui perché gliel'ha chiesto Olimpia? Ma no, Olimpia non l'ha mai degnata nemmeno di uno sguardo, sono davvero paranoica.

Dovrei raccontarle quello che è successo oppure no?

Perché mi faccio sempre tutte queste domande?

Fanculo, io glielo racconto.

«Sei sicura di voler sentire proprio tutta la storia?» le domando esitante prima di iniziare, pronunciando le parole con la mia solita, naturale insicurezza.

«Abbiamo di meglio da fare?» mi dice.

Penso che non le importi granché dei miei problemi e proprio per questo motivo sono ancora più felice di raccontarglieli.

Si dimenticherà tutto quello che le ho detto, esattamente come si dimenticherà di me.

Torneremo presto a non salutarci quando ci vedremo per strada e questo mi fa sentire più a mio agio con lei.

È come se sapessi di non doverla rivedere mai più, anche se in realtà non sarà così.

Senza pensarci troppo inizio il mio racconto senza tralasciare assolutamente nessun dettaglio, partendo dal freddo giorno di metà gennaio in cui Samuele per la prima volta mi ha rivolto la parola sull'autobus.

Sono abbastanza sintetica nei racconti solitamente, questa volta però non trattengo nemmeno un dettaglio, un'insicurezza, una paura.

Racconto per filo e per segno tutto quello che mi ricordo e Stefania mi segue attenta e sempre più incredula.

«E la canzone che dovevamo sentire chi l'ha condivisa su Facebook?» si limita a commentare una volta finito il mio racconto.

«Tom» rispondo.

«Falla partire subito» ordina.

Senza farmelo ripetere due volte, sblocco lo schermo del telefono che è ancora fermo sulla schermata della canzone e premo PLAY.

Mentre ascolto, le parole che mi rimangono più in testa sono quelle del ritornello. E mi rendo improvvisamente conto di non aver mai parlato di musica con Tom. Lo conosco da una vita, eppure non ho idea di quale sia il genere musicale che ascolta. Mi sento tremendamente stupida e in colpa per non avergli mai chiesto niente a proposito di qualcosa che per me è così importante.

«È un po' una frociata, ma non è male, e il testo parla chiaro» commenta Stefania appena la canzone finisce.

Io non dico niente, ma in realtà la canzone mi piace moltissimo.

Vado sul profilo di Tom e realizzo che almeno i suoi ultimi venti post sono link a canzoni.

Non abbiamo davvero *mai* parlato di musica?

Assurdo.

«Ma quindi? Hai intenzione di dargliela?» mi interroga poi.

«Madonna, Stefania, come sei scurrile» scherzo.

Ridiamo, per la prima volta, insieme.

«Non rompere il cazzo e rispondimi, adesso sono curiosa!» si lamenta lei.

«Ma sei matta! Sono molto arrabbiata anche con lui, sapeva tutto e non mi ha mai detto niente. E poi siamo sempre stati solo amici, non gli piaccio. È fatto così, dice spesso queste cose anche se non le pensa. Negli ultimi tre mesi l'avrò visto con dodici ragazze diverse» le spiego.

«Capito» commenta. «Stasera che fai?» domanda poi.

«Stasera?» chiedo, confusa.

«È sabato, non esci?» si spiega meglio.

«Non ho nessuno con cui uscire.» Abbasso lo sguardo.

«Se vuoi puoi uscire con noi! Ti divertirai!» propone con troppo entusiasmo.

«Potrei pensarci, in ogni caso molte grazie per l'invito!» le dico.

Non penso che uscirò mai con Stefania e i suoi amici.

Già ho difficoltà a relazionarmi con lei, figuriamoci con un gruppo di persone uguali a lei. Se sono tutti così matti finisce che impazzisco.

Però è stato davvero carino da parte sua chiedermelo. Non me l'aspettavo.

«Non pensare cose strane. Non voglio diventare il rimpiazzo della tua amica del cuore o merdate del genere. Mi fai solo un po' pena da sola, quindi ti ho invitata» precisa lei.

Scoppio a ridere.

«Non preoccuparti. Niente *merdate*, ne ho abbastanza!»

Lei sorride.

«Non sei come pensavo comunque. Non te la tiri» ammette.

«Nemmeno tu» ammetto.

«Questa era una merdata enorme, cazzo!»

Scoppiamo a ridere di nuovo.

«Hai ragione, torniamo a ignorarci, sono le 12.50, l'ultima campanella del sabato è suonata» la avverto.

«Figo! Raggiungo gli altri allora, però davvero, se ti va di venire questa sera scrivimi su Facebook che ci mettiamo d'accordo!» mi informa quasi-gentilmente.

«Va bene, ti faccio sapere» mi limito a risponderle prima di vederla scappare via.

32

Nell'esatto momento in cui vedo Stefania sparire dalla porta del bar in cui eravamo rintanate la malinconia mi invade di nuovo.

Nonostante la sua stranezza e il suo linguaggio scurrile, con la sua compagnia è riuscita a distrarmi per qualche ora dal mio malessere.

Adesso che è andata via sono di nuovo da sola. Infelice. E sto per scoppiare a piangere.

Senza pensare corro verso il bancone del bar per vedere cosa fanno di buono per pranzo.

Quelli che sostengono che quando si soffre lo stomaco si stringe dicono un sacco di stronzate. In questo momento ho il doppio della fame che ho di solito e ho già mangiato qualche biscotto al cioccolato prima con Stefania.

Opto per un panino alla cotoletta e chiedo di farcirmelo per bene con maionese e ketchup.

Lo divoro in meno di un minuto e quando l'ho finito non sono ancora sazia.

Decido di ordinarne un altro e, appena finisco anche quello, mi rendo conto di nuovo di essere un controsenso vivente.

Vorrei essere magra. Come tutte. Ma mangio queste schifezze in continuazione.

Non vorrei essere sola, come chiunque, ma allontano tutti.

Vorrei guadagnarmi qualche soldo per non dover sempre dipendere dai miei genitori, ma non faccio niente per trovare un lavoretto.

Vorrei girare per la mia città, ma sono troppo pigra.

Vorrei andare meglio a scuola, ma non mi impegno quanto dovrei.

Dovrei ripartire da zero.

Resettare.

Iniziare a vivere.

Ho deciso che scriverò a Stefania che stasera uscirò con lei.

Tanto peggio di come sto da sola non posso stare.

Mi guardo di nuovo allo specchio, per la sessantasettesima volta circa.

Non sono solita vestirmi e truccarmi in questo modo, ma per occupare il mio pomeriggio ho deciso di prendermi cura di me stessa.

Stare da sola mi ha permesso di pensare.

Ah quanto sono stupida.

È passato un solo giorno, e Olimpia e Samuele mi mancano da morire. Anche Tom. E così i consigli di Olimpia. Il suo appoggio. Sempre al momento giusto.

Perché, mi chiedo, non riesco a risolvere i miei problemi da sola?

Quando arriverà il mio momento?

Quando riuscirò a essere io indispensabile per qualcuno?

Alzo di nuovo lo sguardo verso lo specchio promettendomi che non lo farò più.

Per la prima volta, dopo non so quanti anni, indosso una gonna.

È rossa con un motivo scozzese e mi arriva poco sopra al ginocchio.

Sotto ho delle calze parigine nere che raggiungono quasì l'altezza della gonna e, sotto ancora, delle calze a maglia semitrasparenti per non soffrire troppo il freddo.

Stefania mi ha assicurato che all'interno del locale dove andremo sentirò molto caldo e che non c'è bisogno di indossare delle calze più pesanti.

Sopra ho un semplice maglioncino grigio scuro infilato dentro alla gonna.

Con le scarpe non ho voluto esagerare, quindi, anche se Stefania mi ha detto che a diciassette anni il sabato sera sarebbe il caso di portare scarpe alte, ho optato per i miei stivaletti neri.

Il trucco sugli occhi l'ho esagerato rispetto al solito marcando di più la linea di eyeliner e aggiungendo la matita nera anche sotto l'occhio. Sulle labbra non ho messo niente, per non strafare, ma, anche se non mi sento perfettamente a mio agio, sono molto fiera del risultato.

Di colpo sento il citofono che suona.

«Vado io!!» urlo precipitandomi verso la porta d'ingresso.

«Scendo subito!» dico senza nemmeno chiedere di chi si tratta.

Ritorno in camera a prendere la giacca e la borsetta nera che ho deciso di abbinare all'outfit ed esco di nuovo.

Sulla porta di casa, però, trovo mio padre, a braccia incrociate, che mi aspetta.

«Dove pensi di andare conciata così?» domanda fiscale.

«Vestita così, come? Sono vestita normalissima!» rispondo innervosita.

«Non ti ho mai vista così... e poi non esci mai il sabato sera» constata.

«Non sei felice del fatto che io stia uscendo, per una volta?» chiedo, sempre più infastidita.

Tentenna per qualche secondo.

«In realtà sì, ma non so dove vai e i genitori di solito si preoccupano per queste cose...» mi sorride.

«Dài papà, smettila, esco con una mia compagna di classe e con dei suoi amici» gli sorrido.

«Olimpia e Tom?» chiede.

Impallidisco.

«Scusa papi, ma devo correre, Stefania mi aspetta qui sotto!» cerco di sviare.

Lui mi bacia la fronte e, per fortuna, mi lascia andare.

33

Scendo le scale più in fretta che posso, rischiando di scivolare un paio di volte, e raggiungo il portone di casa in tempo record.

«Eccoti finalmente! Mi sembrava di aspettare da ore! Dài, tieni!» dice Stefania appena mi vede, lanciandomi un casco.

Il fatto che non commenti in nessun modo il mio outfit assolutamente inusuale mi lascia per un secondo perplessa, poi mi ricordo che non è Olimpia e sento per un secondo nostalgia di lei.

«Andiamo in moto?» domando confusa.

«Perché, come pensavi di arrivare al locale? A piedi?» risponde sarcasticamente lei.

«In realtà pensavo avremmo preso i mezzi, ma va bene anche la moto.»

Senza aspettare una sua risposta infilo velocemente il casco e attendo che lei faccia scivolare la moto dal cavalletto.

Speriamo solo non mi si alzi troppo la gonna per via del vento.

Fisso Stefania per un attimo e noto che è vestita esattamente come questa mattina.

Anfibi neri, leggings di pelle neri, cintura di borchie nera, maglietta di una band nera, felpa nera e giubbetto di jeans – neanche a dirlo – nero.

Ma non aveva detto che al sabato sera che le ragazze si mettono i tacchi?

Al collo ha la sua solita, strana, collana di catene, i capelli sono raccolti in una coda disordinata e il trucco è sempre il suo.

Forse ho esagerato a vestirmi così?

Ma non mi sento abbastanza in confidenza con lei per chiederglielo e la cosa mi mette a disagio.

«Dove andiamo?» domando mentre salgo dietro di lei sulla sella nera della sua moto nera.

«In un locale, si chiama Zebra, ti piacerà» si limita a rispondermi.

Non ho mai sentito questo nome e in realtà, se devo dirla tutta, non mi ispira assolutamente fiducia.

«Di solito frequento posti molto più fighi, con musica dal vivo e robe di questo genere, oggi però parte del mio gruppo di amici aveva un diciottesimo a cui non sono stata invitata, quindi gli altri hanno deciso di venire qui, per stare più tranquilli» mi spiega Stefania parcheggiando la moto.

«Capito, ma come mai non sei stata invitata?» domando curiosa.

«Se vedo la festeggiata in faccia anche solo per sbaglio potrei spaccarle quella faccia di merda che si ritrova in mezzo secondo, diciamo così...» mi spiega lei.

Mi limito ad annuire, mentre le passo il casco che lei ripone al suo posto.

Da dove Stefania ha lasciato la moto riesco a vedere l'entrata del locale.

Già da fuori questo Zebra sembra affollatissimo, è pieno di ragazzi e la cosa non mi mette per niente a mio agio.

«Ste!» sento urlare alle mie spalle e per poco non sobbalzo dallo spavento.

Mi volto di scatto e vedo due ragazzi e una ragazza che si avvicinano a noi.

Devono essere gli amici di Stefania.

«Eccovi, teste di merda! Stavo per chiamarvi!» dice lei appena li vede.

Mentre si salutano noto che anche loro sono più o meno tutti vestiti come lei, con colori molto scuri, i jeans strappati e gli anfibi neri.

Hanno un modo strano e volgare di comunicare tra di loro, ma conoscendo Stefania la cosa non mi stupisce particolarmente.

Poi, improvvisamente, cala il silenzio.

Gli sguardi di tutti si voltano verso di me.

Rimango a fissarli indecisa e imbarazzata per qualche secondo, senza fare niente.

Dovrei presentarmi?

Per fortuna Stefania fa il primo passo.

«Lei è Meg, la mia compagna di classe di cui vi parlavo.»

Accenno un sorriso e porgo la mano alla ragazza sulla mia sinistra.

Lei tentenna e resta qualche secondo a fissarmi senza motivo prima di ricambiare la stretta di mano.

«Alessia» si limita a informarmi, quasi disinteressata.

Mi volto verso gli altri due ragazzi, indecisa se porgere la mano anche a loro.

Perché cazzo ho deciso di venire qui?

Non potevo restarmene a casa?

Che imbarazzo.

«Io sono Marco!» mi dice uno dei due, sorridendo.

Ricambio timidamente il sorriso muovendo appena la testa.

«Pietro» dice il terzo guardandomi negli occhi per un millesimo di secondo.

Avverto imbarazzo anche nelle loro voci.

«Ma che cazzo di situazione, sono solo presentazioni, smettetela di fissarvi, entriamo!» si lamenta Stefania.

Pietro e Marco sorridono, pendendo dalle sue labbra, mentre Alessia si limita a farle un cenno con il capo e a seguirla.

La imito senza dire nulla.

Quindi, facendoci strada nell'informe massa di ragazzi appostati appena fuori dal locale a fumare una sigaretta dopo l'altra, entriamo.

Il locale sembra molto carino, la musica è abbastanza bassa e perlopiù si sentono le voci delle centinaia di persone che lo affollano.

Senza dire niente Stefania, che – è evidente – capeggia il gruppo, si addentra nella calca di adolescenti urlanti e con agilità prosegue fino alla fine di quello che sembra un lungo corridoio.

Cerco di non perdere di vista i suoi capelli rossi sulle punte, perché so che faticherei troppo a ritrovarla e sarebbe davvero imbarazzante perdermi in un locale in cui non conosco nessuno.

Arrivati alla fine del corridoio svolta velocemente a sinistra scendendo delle scale che portano in basso, a una saletta spaziosa e piena di ragazzi.

Al centro della sala si trovano alcuni tavoli da biliardo e biliardino circondati da persone che esultano rumorosamente.

Arrivati al tavolo vuoto più vicino vedo Stefania togliersi la giacca per poggiarla sulla sedia, quindi decido di fare lo stesso.

Ci accomodiamo e tutti prendono in mano un menu dal centro del tavolo.

A cosa servirà il menu in un locale?

Per non sembrare diversa e strana lo prendo in mano anche io.

In alto, sulla sinistra leggo la scritta «Cocktail alcolici», subito sulla destra «Cocktail analcolici», sotto «Birre» e qualche stuzzichino da mangiare.

Esistono davvero così tanti tipi di birra?
Non è strano se prendo un cocktail analcolico, vero?
Nessuno ha ancora detto nulla da quando ci siamo seduti e la cosa mi mette abbastanza in imbarazzo.
«Che prendete?» ci interroga Alessia interrompendo il silenzio.
«Mmh, non saprei, iniziamo con un giro di shot?» propone Pietro.
«Direi di sì» risponde entusiasta Stefania.
Shot?
E cosa cazzo è?
Giro velocemente il menu in cerca di un riferimento che possa aiutarmi, ma trovo solamente altre liste di bevande alcoliche.
Alcune si chiamano «shot», ma non ho idea di cosa siano.
«Meg? Che dici?» mi domanda Stefania.
«Prenderei un cocktail analcolico per iniziare...» confesso, un po' imbarazzata.
Scoppiano tutti e quattro a ridere.
«Ah, ma allora ce l'ha il senso dell'umorismo la tua amica!» sogghigna Pietro.
Rido con loro, per mascherare il mio enorme disagio.
«Dài seriamente, che shot vuoi?» mi domanda, di nuovo, Stefania.
Per un secondo vado nel panico.
Non scherzavo, vorrei un analcolico.
Non ho mai apprezzato le bevande alcoliche di nessun tipo, e non ho mai frequentato posti del genere.
La risata che ho generato però mi blocca.
Non posso permettere che mi prendano in giro e mi sembra di aver capito che in questo gruppetto le persone che ordinano bevande analcoliche non sono ben accette.
«Quello che prendete voi» rispondo decisa.
«Aaah, lo dici perché non ci conosci!» mi sfida Marco.

«Tosto, riuscirai a stare al nostro passo?» scherza Alessia.

No.

Li vedo tutti molto divertiti, ma non riuscirò a stare al passo di nessuno.

Solo il pensiero di dover inghiottire qualcosa di alcolico e amaro mi fa venire i conati di vomito.

«Ci provo...» sospiro cercando di mantenere la voce più ferma possibile.

«Bene, CAMERIERE?!» urla Stefania.

Un ragazzo abbastanza giovane e ben vestito si avvicina rapidamente a noi.

«Ditemi, siete pronti?» domanda gentile.

«Sì, cinque shot di assenzio» ordina Stefania decisa.

Assenzio?

Non credo di aver mai sentito nominare nulla di simile, spero solo sia un cocktail leggero.

«Dovrei andare al bagno, dov'è?» chiedo con nonchalance.

Dopo essermi fatta indicare il bagno da Stefania almeno tre volte mi alzo e mi allontano dal tavolo per raggiungerlo.

Fortunatamente non aspetto molto.

Appena arriva il mio turno mi precipito nel bagno, chiudo bene a chiave la porta e tiro fuori il mio smartphone dalla tasca.

Apro Google e cerco «shot di assenzio».

L'assenzio è una bevanda alcolica un tempo proibita che viene ottenuta dalla Artemisia absinthium (assenzio maggiore) e altre erbe.

Merda.

Un tempo proibita?

L'assenzio dal sapore migliore contiene tra il 45 e il 68 per cento di alcol in volume.

Quarantacinque e sessantotto per cento?!
Non se ne parla.
Non posso bere niente del genere.
Non ho mai bevuto in vita mia, sessantotto gradi di alcol penso mi ucciderebbero.
Ho sempre letto sulle birre che beve mio papà che la quantità di alcol è del quattro-cinque per cento.
Vorrei tanto che qualcuno venisse a prendermi.
Non sarei mai voluta uscire.
Noto dalle foto che sto vedendo su Internet, però, che uno shot è un cocktail servito in un bicchierino molto piccolo.
Se chiudo gli occhi e trattengo il respiro forse ce la faccio.
Devo farlo.
Se inizia a prendermi in giro anche Stefania rimarrò davvero totalmente sola.
Non posso permetterlo.

Quando torno al tavolo i nostri bicchierini di assenzio sono già arrivati e vedo Stefania e gli altri che mi attendono impazienti di iniziare a berli.
Sorseggiando piano piano posso farcela, è davvero un bicchierino piccolo.
«Tutto d'un fiato!» urla Marco alzando il suo bicchierino al cielo.
«Tutto d'un fiato!» lo seguono gli altri tre sbattendo i loro bicchierini contro il suo.
Mi affretto a imitarli, ma una volta che ho sbattuto il mio bicchierino contro il loro noto che mi fissano, in attesa di qualcosa.
«Devi urlare anche tu, è il nostro rituale» cerca di spiegarmi Stefania, parlando a bassa voce.
«Tutto d'un fiato...» sussurro indecisa.
Non appena finisco di pronunciare quelle parole noto che gli altri riportano tutti il bicchierino verso il tavolo.

Quindi forse è solo un modo di dire?
Non lo bevono veramente tutto in una volta?
Subito dopo averlo sbattuto sul tavolo, però, lo rialzano, lo avvicinano alla bocca e lo mandano giù.
Tutto d'un fiato.
Senza pensare troppo, per evitare di farli ridere di nuovo, faccio come loro.
Chiudo gli occhi, conto fino a tre e lascio che l'amaro sapore di questa strana sostanza verde e alcolica che avevo nel bicchierino si faccia strada della mia bocca.
Brucia, brucia tantissimo, ma cerco di mascherare la mia espressione di disgusto con un sorrisino nervoso.
Sento il liquido che dalla gola inizia a scendere e brucia sempre di più.
Avverto un conato di vomito, ma cerco con tutte le mie forze di mandare giù tutto ciò che ho in gola.
Quando riapro gli occhi la testa mi gira per un secondo, ma poi sembra subito tutto a posto.
A parte il saporaccio, mi sento benissimo.
Grazie a Dio.
«Buonissimo, secondo giro?» propone Alessia.
Secondo giro?
Sta scherzando spero.
Abbiamo appena finito il primo.
«Ho sentito secondo giro?» si intromette il gentile cameriere che ci aveva serviti prima.
«Hai sentito benissimo!» lo incoraggia Pietro.
Stefania si limita ad annuire, battendo le mani entusiasta.
«Cazzo che buono l'assenzio!» osserva Marco.
«Troppo!» lo segue Alessia.
«Già...» commento io.
Almeno, per il secondo giro sono già preparata sul rituale.
Si tratta di un secondo, mandi giù, blocchi l'istintivo conato di vomito ed è fatta.

Posso farcela.
È solo un altro bicchierino.
E così facciamo il secondo giro, poi il terzo, e il quarto.
Sembra andare tutto bene, pensavo di reagire molto peggio, invece mi sento benissimo.
Sono riuscita a sciogliermi un po' e ci stiamo abbastanza divertendo.
A parte i quattro shot di liquido verde che ho dovuto inghiottire controvoglia sembra andare tutto bene.
«Devo andare in bagno, ragazze, mi accompagnate?» domanda a un certo punto Alessia con tono gentile.
«Volentieri!» rispondo con tono gentile anch'io.
«Andate voi, vi aspetto qui, mi pesa il culo, scusa» si lamenta Stefania.
Vedo Alessia che acconsente e, anche se mi sento un po' in imbarazzo, mi alzo per accompagnarla in bagno.
Appena stacco il sedere dalla sedia, però, sento il pavimento tremare.
Oscillo un secondo a poi mi alzo completamente in piedi.
«Tutto bene? Andiamo?» domanda Alessia.
«Sì, certo, stavo cadendo, andiamo» rispondo, confusa.
Avverto una certa leggerezza inusuale nei miei movimenti.
È come se improvvisamente tutto mi riuscisse più facile.
Mi viene da ridere.
Arriviamo alla toilette e Alessia mi chiede di controllare che nessuno entri nel suo bagno.
«Non preoccuparti, ti aspetto qui» le assicuro.
Continuo a muovere le braccia velocemente.
Rido da sola.
Cosa sta succedendo?
Sono *ubriaca*?
Non credo.
Ragiono perfettamente.
Mi ricordo tutto.

E ho letto che l'ubriachezza fa dimenticare le cose.

La mia data di nascita.

I nomi dei miei genitori.

Il nome della mia migliore amica.

Aspetta, no.

Questo no.

Cioè me lo ricordo.

Ma non so se dovrei, o meglio non so se ho più una migliore amica.

Perché la mia testa sta andando così veloce?

Mi volto verso sinistra e mi vedo nello specchio.

Sto sorridendo.

Non me ne ero resa conto.

Ma che sensazione meravigliosa.

Dopo qualche minuto Alessia esce dal bagno.

«Tu devi andarci?» mi domanda.

«No, ma tu non ti senti incredibilmente leggera?» azzardo.

Lei sorride.

«È la prima volta che bevi, vero?» scherza lei.

«Cosa? Io? Ma va'!» tento di essere credibile.

«Non sembri molto esperta, in ogni caso, sì, anche io mi sento leggera, è normale» mi spiega.

«Certo, normalissimo, ma sai, dopo quei bicchierini così piccoli non pensavo...»

«Bicchierini?» mi interrompe Alessia scoppiando a ridere.

«Sì... quegli shot che ci siamo bevuti» cerco di spiegarmi.

Ride di nuovo.

Oh no.

«Li hai chiamati bicchierini?» mi schernisce.

«È sbagliato?» domando quasi preoccupata.

«Sei proprio buffa» commenta.

Sorride di nuovo.

Faccio spallucce.

«Torniamo dagli altri?» propone.
«Certo, magari non dirgli che... ci sentiamo leggere, ecco» la imploro.
Lei ride di nuovo.
Non capisco proprio cosa c'è di divertente in quello che sto dicendo.
«Non preoccuparti, si sentono sicuramente "leggeri" anche loro» mi rassicura.
Se lo dice lei...
Torniamo al tavolo facendoci strada nella calca sempre più movimentata di persone estremamente divertite.
Appena mi siedo noto che ci sono altri cinque shot verdi sul tavolo che aspettano solo di essere bevuti.
Sono stranamente meno preoccupata.
Mi sento davvero spensierata e non voglio altro che alimentare questa sensazione.
«Tutto d'un fiato!» urlo alzando il mio bicchierino verso l'alto e osservando le facce degli amici di Stefania piacevolmente sorprese.
«Tutto d'un fiato!» mi seguono tutti.
Uno, due, tre, giù.
Veloce e indolore.
Sento l'amaro, denso liquido farsi strada nella mia gola e non mi dà più così tanto fastidio.
«Vogliamo continuare a shot o prendiamo qualcos'altro?» domanda Stefania.
«Io un drink me lo berrei volentieri, facciamo a chi lo finisce prima?» propone Pietro.
«Ci sto!» gridano in coro Alessia e Marco.
«Anche io...» li seguo, senza troppo entusiasmo.
E «drink» cosa vorrà dire?
Spero sia un'altra tipologia di bicchierino.
«Cosa prendete?» ci interroga il cameriere intromettendosi di nuovo nella nostra conversazione.

Mai visti dei camerieri così attenti ed efficienti.
«In realtà non saprei, voi?» chiede consiglio Stefania.
«Per me Sex on the beach!» annuncia Alessia, quasi strillando.
Esiste un cocktail che si chiama «sesso sulla spiaggia»?
In che posto strano sono finita?
La cosa, però, non so come mai, mi diverte sempre di più.
«Sesso sulla spiaggia anche per me!» dico.
Scoppiano tutti a ridere.
Che ho detto ancora di così divertente?
Forse non dovevo dirlo in italiano?
«Oh, portala più spesso la tua amica!» esclama Pietro, rivolgendosi a Stefania.
«Ve l'avevo detto che era buffa!» commenta lei.
Non so quanto mi piaccia «buffa» come aggettivo, ma si stanno comunque divertendo, quindi penso mi piaccia che mi definiscano così.
«Noi andiamo giù di Negroni?» chiede Marco a Pietro.
«Vai! Due Negroni!» conferma Pietro.
«Fai tre» li segue Stefania.
«Senti tipetta-buffa, ma da dove sei uscita?» si rivolge a me Marco.
Tipetta.
Samuele.
Olimpia.
La malinconia si fa strada dentro di me.
Chissà cosa staranno facendo.
Chissà se mi stanno pensando.
Chissà se gli manco quanto loro mancano a me.
No.
Non posso pensarci adesso.
Non devo pensarci adesso.
Deglutisco con forza e scaccio via i brutti pensieri riportando la mia attenzione su Marco.

Noto solo adesso che mi ricorda particolarmente Samuele.

Ha gli occhi verdissimi, i capelli biondi e due piercing davvero carini sul lato destro del labbro.

Lo fisso insistentamente per qualche secondo, mentre, sorridendomi, lui aspetta una mia risposta.

«Si chiama *spider bite*» dice.

«Spider che?!» domando confusa.

«Il piercing, si chiama *spider bite*» mi spiega.

«Ah! Carino! Ah ah, morso del ragno, mi piace!» commento divertita.

Lui ride con me, di nuovo, e anche se non capisco il motivo mi piace.

Mi sento simpatica, per una volta.

Dopo qualche minuto che parliamo arriva il cameriere con i nostri cocktail su un vassoio.

Noto immediatamente che non sono bicchierini.

Sono bicchieroni davvero grandi.

Tre, che presumo siano i Negroni, contengono un liquido trasparente rosso aranciato, mentre due un liquido più denso sull'arancione tendente al giallo.

«Grazie mille!» dice Alessia quando il cameriere le poggia l'esorbitante bicchiere davanti.

«Di nulla, cara, mi hanno detto al bancone che dovreste pagarmi adesso!» ci informa, sempre gentilmente, il barista.

«Certo, quant'è?» domanda Stefania.

«Sono venti a testa. Tre euro gli shot e cinque i drink.» spiega il barista.

VENTI euro?

Come è possibile?

Non ci avevo minimamente pensato.

Mia mamma stamattina mi ha lasciato gli ultimi cinquanta euro che aveva nel portafoglio e pensavo di spenderne massimo cinque.

Mi affretto a tirare fuori il portafoglio dalla borsa, ma Marco mi precede e me lo strappa dalle mani.
«Io pago per due» dice voltandosi e facendomi l'occhiolino.
Che situazione imbarazzante.
Perché sta pagando per me?
Perché mi ha fatto l'occhiolino?
Davanti a tutti poi...
Mi volto verso gli altri del tavolo e non sembra che la cosa li abbia più di tanto scossi.
«Vacci piano Ma'» sussurra Alessia allargando il suo gomito verso quello di Marco.
Vacci piano per cosa?
Non credo che la situazione sia ben chiara a tutti.
«Quindi alla goccia?» chiede Pietro strofinandosi le mani.
Alla che??
«Certo. L'ultimo che finisce paga da bere» dice Alessia guardandomi con aria di sfida.
No, no, no, no, fermi.
L'ultimo che finisce di berlo?
È una specie di gara?
Non l'ho nemmeno assaggiato... e se mi fa schifo? È tantissimo, non so se riuscirò a berlo tutto.
«Pronti?» domanda Stefania.
Vedo gli altri che portano le bocche alla cannuccia e li seguo.
«Via!» urla Marco.
Senza pensare prendo una sorsata fortissima, chiudo gli occhi e la butto giù.
È ghiacciato!
Il gusto non è così male, se non fosse per l'eccesso di alcol.
Faccio un altro grande sorso.
Mi si sta ghiacciando il cervello.
Mi volto verso Stefania, è già a metà bicchiere.
Non posso finirlo per ultima.

Tiro su un'altra, freddissima sorsata.
L'amaro dell'alcol e il dolce della frutta si mischiano molto bene, ma sento comunque un leggero fastidio nel mandare giù questo cocktail.
Senza pensare prendo altre tre grandi sorsate.
Cosa sto facendo?
Dovrei fermarmi e arrendermi alla sconfitta o continuare?
No, non voglio fermarmi.
Bevo ancora, più veloce che posso, con gli occhi chiusi e senza nemmeno annusare quello che sto mandando giù.
Altre due grandi sorsate e sento la cannuccia rumoreggiare.
Ho quasi finito.
Apro gli occhi e vedo che Marco e Pietro hanno già finito, Stefania e Alessia sono più o meno al mio stesso punto.
Stefania tira l'ultimo sorso e sbatte il bicchiere sul tavolo.
«Finito!» annuncia strillando.
Faccio altri due sorsi, più veloce che posso e la imito.
«Finito!» urlo.
Poi alzo la testa.
Alessia sta ancora bevendo.
Grazie a Dio.
Non dovrò pagare da bere a tutti.
Sbatte il bicchiere sul tavolo anche lei.
«Cazzo, sei forte tipetta!» si complimenta ammettendo la sconfitta.
Mi limito ad accennare un sorriso.
«Direi che prima del prossimo giro potremmo fumarci una sigaretta!» propone Stefania.
«Volentieri!» dico, prima di potermene rendere conto.
Aspetta cosa?
Ho voglia di una sigaretta?
Come mai?

Guardo Stefania stranita, in cerca di uno sguardo di approvazione.
Non è Olimpia, non mi rassicurerà.
Spero non dica niente, davanti ai suoi amici, a proposito della «lezione» che mi ha fatto questa mattina.
«Andiamo» dice Pietro mentre si alza.
Quando mi alzo sento di nuovo il pavimento che trema sotto i miei piedi, questa volta però trema molto di più.
Cerco di rimanere più dritta possibile.
Mi gira la testa.
Sembra tutto più veloce.
Più leggero.
I movimenti mi paiono più scorrevoli e facili, ma allo stesso tempo non riesco a coordinare perfettamente la mia testa e i miei muscoli.
Cerco di non farlo notare.
Infilatami la giacca alzo la testa e noto che Stefania, Pietro e Marco si sono già allontanati dal tavolo, mentre Alessia è di fianco a me ad aspettarmi.
«Sei leggerissima adesso, vero?» domanda divertita.
Scoppio a ridere. «Cazzo troppo!»
Subito dopo mi porto una mano alla bocca.
Lei sogghigna.
«Cazzo!» urlo.
«Cosa?» domanda.
«Sto parlando come voi!»
Scoppiamo a ridere.
«Non è un male una parolaccia ogni tanto» mi rassicura lei.
«Merda, merda, merda!» esclamo.
«Sì, ma non urlare, dài, andiamo!»
Mi prende per mano e mi guida fuori dal locale.
Mentre cammino, trascinata da Alessia, mi sembra di volare.
Non mi interessa più di niente.

Vorrei urlare, saltare, correre.

«Alessia!» cerco la sua attenzione non appena, più vicine all'uscita, la calca di persona si fa meno densa.

«Sì?» si volta verso di me.

«Come mai ho voglia di una sigaretta?» domando, davvero confusa.

E perché ora le ho fatto questa domanda?

Lei ride. «È normale, quando si è ubriachi, avere voglia di fumare.»

Meno male. Mi sentivo strana.

Quindi sono ubriaca?

E si nota?

No, non può essere.

«Guarda che non sono ubriaca!»

«Lo sei eccome, la voce ti si è alzata di un'ottava e continui a ridere senza rendertene conto.»

Mi viene da ridere.

Cerco di trattenermi, ma non ci riesco.

«Ma è stupendo!» urlo.

«Shh, vieni, raggiungiamo gli altri!» mi fa segno di seguirla.

«Ste, gestiscitela tu!» dice spingendomi verso Stefania appena raggiungiamo gli altri, che ci stanno aspettando sulla porta con la sigaretta in bocca.

«Perché?» domanda Stefania.

«È ubriaca marcia!» risponde Alessia.

«Non sono per niente ubriaca *marcia*, solo *acerba*!» scherzo.

Tutti ridono.

Questa volta credo proprio che mi stiano prendendo in giro, e che non stiano ridendo con me, ma *di* me.

I miei movimenti sono sempre più scoordinati e capisco sempre meno quello che sto facendo.

Non mi ricordo perché sono qui.

«Dài, tieni!» mi sorride Stefania passandomi una sigaretta.

«Uh! Ti ringrazio!» le dico, e sento di aver perso il totale controllo di me.

Un secondo sto armeggiando con un accendino, l'altro sto urlando a Stefania che sono davvero felice, l'altro ancora mi sto accendendo una seconda sigaretta.

Non mi accorgo del tempo che passa, non mi interessa cosa la gente pensa di me.

E intanto la leggerezza si trasforma in pesantezza: adesso sento tutti i muscoli pesanti e muovere le braccia mi diverte, tanto è strano.

Gli altri ragazzi, seppure non quanto me, sono anche loro ubriachi e ridono con me muovendo le braccia.

Sono felice.

Mi sento libera.

E all'improvviso sento qualcuno che mi prende per mano.

Mi ritrovo la faccia di Marco a pochi centimetri dalla mia.

Sento la risata di Stefania.

Lo allontano più gentilmente che posso.

Mi riavvicina.

Mi sta baciando.

Mi sta baciando??

Ommioddio.

No.

Le sue labbra.

Sono così strane.

Mi sposto.

Samuele.

Olimpia.

Tom.

Mi viene da piangere.

Non mi controllo.

Le lacrime.

Cazzo, sto piangendo.

Sento le lacrime sulle guance, ma non le sento uscire dagli occhi.

Loro ridono.

Non li voglio vedere adesso.

Voglio Olimpia.

Mi manca.

Devo chiamare Olimpia.

«Porca troia, Meg, ma cosa cazzo stai facendo?» sento una voce.

Non so chi è.

Sono per terra.

Come ci sono finita?

Alzo la testa.

Tom.

TOM?

«Meg, cazzo, ma sei scema? Ti alzi?» è arrabbiato.

Oh santo Dio.

Cosa sta succedendo?

Voglio tornare a casa.

«Tom!» lo abbraccio.

Cazzo, perché lo sto abbracciando?

«Sei totalmente impazzita?» è sempre più arrabbiato.

«Che cazzo vuoi, vaffanculo.» Non controllo le parole.

Lo abbraccio di nuovo.

Piango.

«Portami a casa» lo imploro.

«Tu sei pazza. Col cazzo che ti porto a casa, come hai fatto a ridurti così.» E mi spinge.

«Non spingermi per favore, non lo so, non so niente, non capisco, non mi controllo, questi bicchierini strani, io, aiutami» lo imploro di nuovo.

«Meg, ma cazzo!»

Lo vedo male. Non sento cosa dice.

«Ti prego.»

Cado. E lui mi rialza con forza.
«Riprenditi cazzo!»
«Aiutami!»
«Sei una cogliona!»
«Che cazzo vuoi!»
Mi spinge.
Il solito rabbioso di merda.
«Vaffanculo, ci vado da sola a casa.» Mi volto.
Ma Olimpia?
Olimpia non era con me.
O sì?
Oh cazzo.
«Non vai da nessuna parte da sola» mi ferma.
«Spostati, Tom» ordino.
Mi spinge di nuovo.
«NON TOCCARMI!» urlo.
«Sei solo ubriaca, tranquillizzati.»
Vaffanculo.
«Tranquillizzati» a me non lo dici.
Lo spingo.
Mi sta baciando.
MI STA BACIANDO?
No.
Fermate il tempo.
Fermate il mondo.
Queste labbra.
Mi sento morire.
Cosa sta succedendo?
Sono felice.
Sono felice?
Voglio andare a casa.
Voglio restare.
Lo voglio.
Lo voglio e basta.

34

Apro gli occhi confusa e riconosco un profumo familiare.

Non è camera mia.

Dove sono?

Sono ancora vestita.

Sento gli occhi appiccicosi e pesanti.

Odore di sigaretta.

Mi fa male la testa.

Ho la nausea.

Che ore sono?

Dov'è il mio telefono?

Dove sono?

È ancora troppo buio per capirlo.

Inizio a tastare intorno a me.

Oh cazzo.

Sono in un letto matrimoniale?

C'è qualcuno di fianco a me che dorme.

QUALCUNO DORME DI FIANCO A ME?

Chi è?

Cosa cazzo è successo ieri sera?

Non mi ricordo niente.

Sono uscita con Stefania e i suoi amici e poi...

STEFANIA!

Dove diavolo è finita?
Sono a casa sua?
Questo odore è troppo familiare per essere il suo.
Sposto le mani affianco al letto.
La mia vista inizia a schiarirsi.
Sento la mia borsa.
Grazie al cielo!
Mi affretto ad aprirla.
Il telefono non c'è.
Merda.
Spero di non averlo perso.
Mi alzo velocemente, ma appoggio i piedi su qualcosa e cado rumorosamente.
Cazzo.
Una luce si accende.
Sobbalzo dallo spavento.
«Tutto bene?» mi domanda una voce familiare e assonnata.
Mi volto velocemente e tiro un sospiro di sollievo.
Sono a casa di Tom.
Tom?
Cosa ci faccio a casa di Tom?
Come ci sono finita?
Perché sono qui?
Ieri non sono uscita con lui.
L'ho incontrato?
Alcuni ricordi cominciano a ritornare nella mia testa.
«Cosa è successo ieri sera?» chiedo confusa.
Tom mi fissa per qualche secondo e improvvisamente il suo sguardo si fa più minaccioso.
«Niente, sei solo un'idiota. Adesso lasciami dormire» borbotta.
«Tom, per favore.»
«Come cazzo hai fatto a ridurti così? Si può sapere? E chi cazzo erano i ragazzi con cui sei venuta al locale?»

«Sei mia madre?» ribatto scocciata.
«No, mi preoccupo solo per te.»
«Insultarmi non mi sembra il modo migliore di aiutarmi. Volevo distrarmi, ecco. Stefania mi ha chiesto di uscire, mi sono lasciata trascinare dall'enfasi del momento e alla fine non mi sono resa conto di quello che buttavo giù.» Sto in silenzio per un istante. «Ora sto malissimo e mi sento terribilmente in colpa. Non credo berrò mai più, vorrei solo sapere come sono finita qui... poi posso anche andarmene.»
«Sarà meglio» si limita a dire.
«Sarà meglio *cosa*?»
«Che tu non beva mai più» ordina, incazzato.
«Sicuramente non sarai tu a deciderlo» rispondo, sempre più innervosita.
«Puoi anche andare adesso.»
«Cosa?»
«Ho detto: puoi anche andare adesso.» Sospira e volta la testa dall'altro lato del cuscino.
Non posso credere di trovarmi davvero in questa situazione.
Ho passato tutta la vita a rimproverarlo per le cazzate che faceva, a prendermi cura di lui, e adesso mi sta cacciando da casa sua perché ieri sera, per la prima volta, mi sono ubriacata?
È tutto troppo assurdo.
Se è un sogno vorrei svegliarmi adesso.
Raccolgo velocemente la mia borsa, mi infilo le scarpe che trovo ai piedi del letto e comincio a cercare il mio telefono.
Dove cazzo può essersi cacciato?
Controllo sotto il letto, nel bagno, sulle mensole, sulla scrivania, niente.
Questa camera è un casino.
Mi gira la testa e, più mi sforzo per cercare di ricordarmi cosa ho combinato ieri sera, più la sento pulsare.
Ho un senso di nausea davvero fastidioso e i miei capelli

non voglio nemmeno vedere come sono conciati, per non parlare del trucco.

Vedo la giacca di Tom buttata per terra.

Controllo nella tasca destra.

Eccolo!

Posso andarmene.

O dovrei restare?

«Scusami, per tutto» dico, prima di aprire la porta lentamente.

Proprio nel momento in cui sto per fare il primo passo, sento una mano che mi afferra i fianchi. Tom.

«Cosa vuoi ancora?» gli chiedo.

«Resta qui.»

Mi volto.

«Non ti ricordi proprio niente?» domanda.

Noto della preoccupazione nel suo sguardo.

Non so dove vuole arrivare.

«Non proprio...» rispondo.

Mi fissa intensamente per qualche secondo.

Siamo davvero vicini.

Sento il suo respiro sulla mia pelle.

Senza darmi il tempo per accorgermene mi stampa dolcemente un bacio sulla bocca.

«Adesso ti ricordi meglio?»

Adesso, di colpo, mi ricordo tutto.

Più o meno.

Mi prende improvvisamente il panico.

Non ho nemmeno avuto il tempo per rifletterci.

Vorrei tanto che comparisse Olimpia in questo momento – la Olimpia di prima che litigassimo, si intende.

Mi servirebbe una delle sue geniali scuse per uscire da questa situazione.

«Mi ricordo, sì. Forse è meglio se ora vado» riesco a dire.

Ho bisogno di tempo.

Devo metabolizzare tutto ciò che ho vissuto.

O almeno quello che riesco a ricordarmi.

Il mio mal di testa si fa sempre più forte.

Senza dargli il tempo di dire niente mi volto e lascio che la porta si chiuda alle mie spalle.

Mentre mi avvicino all'uscita controllo lo schermo del mio telefono.

12.34.

Sedici chiamate perse: MAMMA.

Tre chiamate perse: STEFANIA.

Sei chiamate perse: PAPÀ.

Quattro nuovi messaggi.

Porca merda.

«Meg! Non sapevo che fossi qui!» Ginevra, la mamma di Tom interrompe bruscamente i miei pensieri, facendomi sobbalzare.

«Ginevra! Sì mi sono fermata qui, non mi andava di tornare da sola ieri sera, ora scappo che sono in ritardo, e se non corro a casa mamma mi uccide!» la congedo e velocemente esco dalla porta senza aspettare una sua risposta.

Appena varco il portone e i miei occhi entrano a contatto con la luce il mio senso di nausea raddoppia.

Mi sento stanca, goffa, mi viene da vomitare, ho male alla testa, e sento dolori strani un po' ovunque. I capelli non stanno dove dovrebbero stare, i vestiti sono scomodi e l'odore di fumo che emano mi dà incredibilmente fastidio.

Decido di chiamare mia mamma.

«Meg! Dove diavolo sei!» risponde dopo nemmeno uno squillo.

«Scusa ma'... ho dormito da Tom, non mi ero resa conto di che ore fossero!» cerco di giustificarmi.

«Lo so che hai dormito lì, Tom mi ha chiamata ieri sera, ma aveva detto che massimo per le undici saresti stata a casa!» sbraita lei.

«Mi dispiace mamma, sto arrivando!» sospiro.

«Quando arrivi facciamo i conti! Solo perché non esci mai il sabato sera non significa che quando esci puoi fare quello che ti pare!» continua a urlare.

Che palle.

Cerco di fare mente locale.

Per tornare a casa dove devo andare?

Certo!

L'autobus.

Mentre mi avvio verso la fermata controllo i quattro messaggi non letti su WhatsApp.

Due sono di Stefania.

> 3.44 am
> Che fine hai fatto, bionda?

> 4.05 am
> Meg, rispondimi! Sto iniziando a preoccuparmi!

Uno è di mia madre.

> 12.04 pm
> Ti conviene farti trovare a casa il prima possibile, Meg.

Poi c'è un messaggio di Olimpia.

OLIMPIA?

> 3.07 am
> Meg, ho sentito Tom.
> Cosa diavolo hai combinato?

Che cazzo le importa?

Dovrebbe aver capito che la mia vita non è più un suo problema.

Decido di ignorarla e di rispondere a Stefania con un messaggio audio, perché a scrivere con questi tastini minuscoli mi gira ancora di più la testa.

«Ohi Ste, scusami per ieri sera. Giuro, non mi ricordo praticamente niente, so solo che mi sono appena svegliata a casa di Tom e... oddio credo di averlo baciato ieri sera, non lo so in realtà. Comunque sto bene e sto tornando a casa. Voi?»

Invio.

Pensare a come stavo non mi fa ridere quanto ieri sera.

Ho dei conati di vomito continui e davvero fastidiosi.

Cosa c'è di bello nel «bere sopra» ai problemi?

Svegliarsi la mattina dopo e ricordarseli con la testa che scoppia e una nausea assurda?

Devo raggiungere casa mia più in fretta possibile.

Arrivo a casa barcollando circa quindici minuti dopo. Troppo stordita anche solo per provare a cercare le chiavi, decido di citofonare.

«Era ora!» risponde mia madre scocciata, e senza chiedere altro apre il portone.

Sulle scale inizia a girarmi fortissimo la testa: più salgo, più sto male.

Arrivata davanti alla porta di ingresso sento un altro conato di vomito che dallo stomaco raggiunge velocemente la mia gola.

Se continuo così, finisce che vomito.

Un secondo prima che il mio dito prema il campanello mia madre, scocciata, apre la porta.

La sua espressione è parecchio infastidita, lo vedo, ma appena mi guarda in faccia cambia completamente.

Adesso è un misto tra il preoccupato e l'incazzato nero da ti-sto-per-mettere-in-punizione-per-sempre.

«Meg!»

«Mamma...» non riesco a dire molto.

Sento che sto per vomitare. Corro nella mia stanza e, di lì, in bagno.

Per fortuna raggiungo il lavandino un secondo prima di iniziare a vomitare tutto quello che ho in corpo.

«Meg, ma cosa hai fatto?»

Mia madre, affacciatasi sulla soglia, ha una sfumatura di incertezza nella voce. Vorrebbe arrabbiarsi, ma allo stesso tempo è preoccupata per me.

«Mamma, mi dispiace...» dico, non appena sollevo la testa dal lavandino.

Mi guardo nello specchio.

Ho un aspetto orribile.

Mi viene da piangere.

Perché sono in questo stato?

Sono pallidissima, ho un paio di occhiaie che più profonde non si può e i miei capelli vanno da tutte le parti senza alcun senso.

Mi sento terribilmente in colpa.

Mia mamma non si merita questo.

Gliene ho già fatte passare davvero tante. Troppe.

35

Dopo aver convinto mia mamma che non avevo assolutamente bevuto niente di alcolico, ma che il mio stato era dovuto a un'intossicazione alimentare e che la puzza di fumo era colpa del fumo passivo di Stefania mi butto nel letto, sfinita.

Oggi non ho toccato cibo, solo al pensiero potrei vomitare di nuovo.

Prendo in mano il cellulare e trovo un messaggio vocale di Stefania.

«Cazzo eri proprio sbronza, non avevo idea di che fine avessi fatto, ti ho solo vista con quel Tom di sfuggita mentre andavi via in tram, non sapevo che tu l'avessi baciato. Lui mica ti veniva dietro? Comunque adesso come stai?»

Mi viene da ridere.

Stefania e Olimpia sono proprio due persone infinitamente diverse.

Al suo posto Olimpia mi avrebbe mandato un audio di sette minuti urlando «Ommioddio» in quarantacinque lingue diverse.

Stefania, invece, non sembra minimamente interessata o esaltata dalla cosa.

Non penso sia nemmeno il caso di chiederle un consiglio

a proposito della situazione, quindi mi limito a scriverle che va tutto bene e poi decido di ascoltare un po' di musica.

È il momento di una delle mie canzoni preferite.

Welcome to My Life dei Simple Plan.

In questo momento non potrebbe essere più perfetta.

Mi sento sbagliata.

Fuori posto.

E poi penso a Olimpia.

Sicuramente già ha smesso di pensarmi.

Veloce com'è a fare nuove amicizie già mi avrà rimpiazzata.

Nonostante tutto, però, mi manca.

È possibile diventare totalmente estranei a qualcuno dopo averci condiviso ogni cosa?

Lo ammetto, mi manca.

Mi manca al tal punto che quasi non respiro.

Quando una persona ti delude così tanto dove vanno a finire tutte le promesse che vi eravate fatti?

Le serate a piangere al telefono se le ricorderà anche lei per sempre?

E io troverò qualcun altro con cui fare tutte le cose che facevo con lei? Esiste qualcuno nel mondo pronto a sopportare i miei capricci? E la mia goffaggine?

È possibile che una persona si prenda cura di me tanto quanto ha fatto lei?

Non le ho mai chiesto niente.

Mi ha sempre dato tutto.

Ho passato con lei i momenti più belli e anche i più difficili della mia intera esistenza.

Perché ha dovuto farmi questo?

La rabbia si fa strada in me.

E Tom?

Cosa dovrei fare con lui?

Ma poi da dove è saltata fuori questa storia?

Lui non si stava frequentando con una certa Martina?

Ogni volta che, anche solo per un secondo, penso alle nostre labbra che si sfiorano sento lo stomaco bruciare.
È normale?
Non riesco a chiarirmi le idee.
L'unica cosa che mi ricordo è quel bacio.
Non mi sono mai sentita in quel modo.
Ero libera.
Ero felice.
Mi sembrava di conoscere le sue labbra alla perfezione.
Il modo in cui muoveva le mani sulla mia schiena.
Non riesco a smettere di pensarci.
Purtroppo ero veramente ubriaca e non riesco a mettere a posto i pensieri nella mia testa.
Mi sono sentita così bene solo per via dell'alcol?
Sento un terribile bisogno di parlare con qualcuno.
Decido di chiamare Stefania.
«Biondona! Ti sei ripresa!» risponde dopo qualche squillo.
«Diciamo di sì... Tu come stai?» domando, fingendomi interessata.
«Non c'è male... come mai mi hai chiamata?»
«Ho bisogno di parlarti di una cosa. O meglio, in realtà ho bisogno di parlarne e basta e credo tu sia l'unica persona a cui posso telefonare al momento...»
«Oh Cristo, e va bene, basta che non ci fai l'abitudine perché odio fare la psicologa.»
Olimpia non si sarebbe lamentata.
«Be', ecco... riguarda Tom...» inizio a spiegare.
«Immaginavo» mi interrompe subito lei.
«Non so che cosa fare» dico, schietta.
«Se ti posso dire la mia: è un gran figo» commenta Stefania.
«Che c'entra! Siamo amici da tanto tempo e non sono sicura di provare qualcosa per lui.»
«Non devi necessariamente provare qualcosa per lui per

uscirci insieme! Siamo nel 2016, non devi sposartelo se te lo scopi qualche volta!»

«Capito... be', grazie mille! Ci sentiamo!»

E attacco senza aspettare la sua risposta.

Stefania non è la persona giusta per darmi un consiglio di questo genere. Anche se ogni tanto vorrei riuscire a essere superficiale e ingenua quanto lei.

Con mia madre non voglio parlare di Tom, ma non ho neppure intenzione di chiamare Olimpia.

Insomma, questa volta dovrò cavarmela da sola.

Penso che questi ultimi due giorni mi abbiano aiutato a capire che fidarsi delle persone va bene, fidarsi troppo forse no.

Devo imparare ad affrontare le situazioni da sola, penso faccia parte del crescere.

Confusa e persa nei miei pensieri mi addormento piano, piano.

36

La sveglia interrompe col suo rumore i miei sogni caotici, e riparte la solita routine. Mi alzo svogliata: un filo di trucco, un paio di jeans e via verso scuola.

Non ho più la nausea, ma il mal di testa un po' è rimasto.

I miei occhi sono gonfi e stanchi, questa notte mi sono svegliata tante volte e ho pianto un sacco di lacrime.

Sono disperata: non so come devo comportarmi, a chi devo affidarmi, in che modo risollevarmi da questa situazione.

Uscita di casa penso che sarebbe meglio andare a scuola a piedi, perché ho paura di incontrare Tom sull'autobus, ma sono davvero troppo stanca e non mi va assolutamente di camminare, quindi, sperando con tutte le mie forze nella sorte, mi siedo ad aspettare alla fermata della 60, che arriva dopo pochi minuti.

Entro dal retro della vettura, come sempre, senza nemmeno alzare lo sguardo per timore di dover affrontare i suoi enormi occhi color mandorla.

Ovviamente appena metto piede sul bus sento il suo inconfondibile profumo, One Million da uomo – l'ho sempre adorato.

E adesso?

Mi faccio forza e sollevo la testa.

Tom è lì, e mi sta fissando.

Su Internet ho recentemente letto una frase: «Non esiste sensazione più bella di guardare una persona e accorgersi che il suo sguardo era già su di te».

Bene: è una stronzata.

«Ehi!» accenno un sorriso.

Lui non cambia espressione e non fa nessun cenno, continua a fissarmi per qualche secondo, finché abbassa lo sguardo.

Sembra fatto di ghiaccio.

«Ehi...» ripeto, avvicinandomi a lui per farmi sentire meglio.

La situazione è già abbastanza imbarazzante così, potrebbe almeno sforzarsi di renderla un po' più piacevole.

Non risponde, non fa nessun cenno.

Noto che ha le cuffiette quindi decido di posargli una mano sulla spalla per attirare la sua attenzione.

«Non toccarmi» ringhia.

Cosa gli prende adesso?

Cosa ho fatto di male?

«Io...» cerco le parole adatte, ma non le trovo.

La mia mano è ancora sulla sua spalla.

«Ti ho detto di non toccarmi» ringhia di nuovo, questa volta scostandosi deciso.

«Non c'è bisogno che ti comporti così.»

«Non mi sto comportando in nessun modo» fa spallucce.

«Appunto. Non ho fatto niente di sbagliato io...»

«Non hai fatto neanche niente di giusto, è questo il problema. Fai sempre e solo cazzate, mi sono stufato, spostati» strilla, quasi furioso.

E si fa largo bruscamente tra le persone presenti sull'autobus allontanandosi da me.

Faccio sempre e solo cazzate.

Perfetto.

Appena l'autobus apre le porte alla nostra fermata mi affretto verso l'uscita.

Vedo Tom che scende dalla porta centrale e lo raggiungo.

«Tom, per favore, dammi almeno la possibilità di spiegarti come la penso» lo imploro.

«Non c'è bisogno che tu mi spieghi un cazzo, ho capito benissimo da solo, adesso lasciami stare» si limita a rispondermi, mentre si gira verso la sua scuola e, senza nemmeno guardarmi, comincia a camminare.

La malinconia esplode all'improvviso nel mio petto.

Come se si fosse rotto qualcosa.

Come se da un momento all'altro potessi svenire.

Come ho fatto a perdere totalmente il controllo della mia vita?

Ero riuscita a ritrovare un equilibrio e adesso va tutto a rotoli di nuovo.

Cosa dovrei fare?

Non voglio che questa storia lo faccia stare male.

Vorrei avere le idee chiare, fregarmene e buttarmi, vorrei essere capace di non farmi condizionare emotivamente dalle mie fragilità.

Cammino sconsolata fino alla mia classe guardando semplicemente in basso e dimenticandomi del mondo circostante.

Appena arrivo mi ricordo di una cosa: il mio banco è quello vicino a Olimpia. E infatti lei è lì, è già seduta al suo posto, che mi fissa come se mi stesse aspettando.

Non ho nessuna intenzione di sedermi accanto a lei per sentirmi ripetere le stesse stronzate tutto il giorno.

Vedo che il banco di fianco a Stefania, dall'altra parte della classe, è ancora vuoto e lei mi saluta con la mano e mi fa segno di raggiungerla.

Mi avvicino sorridente a lei.

«Biondona! Siediti qui che la mia compagna di banco mi sta sulle palle ultimamente!» mi invita.

«Volentieri, tutto bene?» le sorrido lanciando qualche occhiataccia a Olimpia che continua a fissarci, incredula.

Quando la professoressa della prima ora entra in classe nota subito il cambiamento e chiede spiegazioni.

«Meglio star lontane dalle stronze!» provoca Stefania rispondendo alla professoressa.

Mi volto velocemente verso Olimpia e noto che l'espressione sul suo viso muta. Di solito non si irrita mai, ma adesso è davvero infastidita.

«Stefania! Che parole sono queste!» la riprende la professoressa.

«Be', se "stronza" significa "persona che vuole aiutare un'amica", allora sì. Ha proprio ragione Stefania!» urla Olimpia.

Aiutare un'amica?

Non credo che queste siano proprio le parole adatte.

Forse ancora non si rende conto che quello che ha fatto è inaccettabile.

«"Aiutare" non è sinonimo di "mentire", mi dispiace, ma questa volta hai proprio sbagliato tutto» intervengo.

La classe sembra piuttosto interessata, al contrario della professoressa, che è molto irritata. E mentre io e Olimpia siamo infuocate di rabbia, Stefania, indifferente, si osserva divertita le unghie nere.

«Infatti ti ho chiesto scusa, pensavo di fare la cosa giusta e ho sbagliato. Cosa altro potrei fare?» si lagna Olimpia.

Patetica.

«Secondo te mi bastano delle scuse? Non voglio mai più avere a che fare con una persona che stava per farmi iniziare la prima storia d'amore con una persona che di sua spontanea volontà non si sarebbe mai avvicinata a me! È inutile che mi chiedi scusa, mi fai solo schifo!» urlo.

In realtà non mi fa schifo, e so perché si è comportata in quel modo, ma è comunque un comportamento che non posso accettare.

«È proprio questo il punto! Non si sarebbe mai avvicinato a te. E questo solo perché tu, invece di aprirti alle nuove conoscenze, hai paura di affrontare il mondo vero e ti chiudi in uno stupido guscio! Sei ridicola e la devi smettere! L'ho solo spronato a capire che bella persona sei una volta che abbatti il tuo muro, e ci ero anche riuscita... dovresti ringraziarmi!» sbraita.

Ridicola?

Ha davvero il coraggio di dirmi che sono ridicola dopo tutto quello che ho passato piangendo sulla sua spalla due anni fa?

È vero che non potrà mai davvero sapere cosa ho provato, ma mi è stata vicina e pensavo l'avesse capito che non è stato per niente facile ricominciare a vivere per me.

«Ragazze, adesso basta! Uscite fuori!» ordina la professoressa.

«Io con lei non ci sto, quindi o esco io o esce lei» ringhio.

«Non mi interessa! Dovete permettermi di fare lezione, potete benissimo continuare questa conversazione davanti alla preside!»

«Non ho più niente da dire, non ti scomodare, Olimpia, me ne vado io!»

E detto questo esco dalla classe sbattendo rumorosamente la porta.

Subito fuori, mi accascio per terra e cerco di metabolizzare ciò che è appena successo.

Ha ancora il coraggio di rinfacciarmi la mia timidezza?

Sono senza parole.

Cosa ci è successo?

Io e Olimpia solitamente combattevamo una affianco all'altra.

E adesso?

Cosa succederà le volte che avremo bisogno di una spalla?

Butto la testa tra le mani e comincio a piangere.

Sento le lacrime che prepotentemente rigano le mie guance e non riesco a fermarmi.

Cosa ho fatto di male per meritarmi anche questo?

Il resto della giornata passa in fretta, tra occhiatacce a Olimpia e piccole conversazioni con Stefania.

Quando finalmente sto per varcare il cancello per abbandonare questo edificio, che oggi mi ha regalato solo agonia, la mia attenzione viene catturata da un ragazzo, mai visto prima, posteggiato con la moto poco più avanti all'uscita.

Sembra piuttosto grande, ma non abbastanza per avere un figlio al liceo e troppo per essere il ragazzo di qualcuna che viene a scuola qui, eppure lo osservo mentre scruta le facce delle persone che si avviano verso l'uscita, evidentemente in cerca di qualcuno.

Appena scorgo Olimpia varcare il cancello capisco subito: Max.

Lo guardo bene: nonostante la palese differenza di età è davvero un bel ragazzo.

Vestito molto casual, ma curato, un po' come Olimpia da quando esce con lui.

Ha i capelli chiari e la carnagione abbastanza scura.

Noto che non si salutano con un bacio sulla bocca, ma semplicemente sulla guancia, dopo di che entrambi si infilano il casco e scappano via in moto.

Non l'avevo mai visto avvicinarsi alla scuola, forse sta davvero prendendo questa relazione sul serio.

A vederlo mi sembra uno a posto e sono quasi felice per Olimpia, nonostante tutto.

Non riesco a dormire questa sera.

Mi manca andare a letto senza niente per la testa.

Prendo il telefono in mano in cerca di una distrazione che mi faccia venire sonno.

Apro Facebook e la prima cosa che mi compare, in alto sulla bacheca, è un post di Olimpia.

Staremo l'una accanto all'altra durante il primo tatuaggio.

Ci sopporteremo sempre, ci tingeremo i capelli di mille colori e guarderemo mille puntate di serie TV a letto con la pizza il sabato sera, per poi addormentarci con il computer addosso.

Ci faremo tante foto insieme, per ricordare i momenti più belli.

Andremo al cinema e io ti ruberò tutti i popcorn e ci faremo cacciare per le risate troppo forti.

Compreremo i vestiti insieme e riderai di me quando mi vedrai camminare sui tacchi per la prima volta.

Sceglieremo insieme i vestiti di nozze, e faremo le cose più stupide in giro, anche quando cresceremo.

Usciremo con la pioggia e coi tuoni che spaccano l'asfalto, io e te, e tenendoci per il braccio e ci metteremo a correre in mezzo alla strada per non bagnarci.

Ci abbufferemo al McDonald's senza mai sentirci in colpa, staremo in macchina col volume della musica al massimo a cantare a squarciagola.

E cammineremo per le vie più sconosciute di notte, raccontandoci i nostri pensieri più casuali, più profondi e più nascosti.

Saliremo su degli autobus a caso d'estate, senza sapere dove portano, solo per rubare un po' di aria condizionata.

Faremo sempre ciò che è meglio l'una per l'altra e supereremo ogni momento difficile, l'una accanto all'altra.

Ti voglio bene.

È una mia lettera.

Gliel'avevo scritta tempo fa prima di partire per una vacanza studio che ci avrebbe separate per due settimane.

Che senso ha pubblicarla adesso?

Il post ha davvero tanti like e nei commenti le fanno tutti i complimenti per le «belle parole».

Poteva almeno riconoscermi i crediti.

Rido da sola.

Non sto davvero dando importanza a qualcosa del genere.

Lo sto facendo?

Forse.

Mi dà solo fastidio come voglia passare per la vittima della situazione, quando sono io che dovrei stare male a causa del suo comportamento da stronza.

Decido di scrivere un post anch'io, riprendendo una frase della mia lettera che lei ha pubblicato.

> «Faremo sempre ciò che è meglio l'una per l'altra.»
> Mentire non è mai meglio.

Invio soddisfatta e poso il telefono sul comodino.

37

Sono le 20.06.

È abbastanza tardi.

Sto cercando, più in fretta che posso, di prepararmi rimettendo in sesto la mia faccia cadaverica.

Oggi avevo qualche linea di febbre e non sono andata a scuola.

Mio padre ha organizzato una cena a cui tiene tantissimo con un suo nuovo cliente di lavoro, a quanto pare molto importante, che verrà a casa nostra con la moglie e i due marmocchi.

Ci tiene che sia tutto perfetto e vuole assolutamente che ci sia anche io, per cui devo muovermi a sistemarmi un pochino.

Riesco a rianimarmi per le otto e trenta.

Sento il citofono suonare: appena in tempo, penso!

«Vado io, pa'!» annuncio precipitandomi verso la porta d'ingresso.

«Sì?» rispondo nel tono più dolce che ho.

«Daniele e famiglia!» sento provenire dal citofono.

«In fondo al cortile a sinistra, terzo piano!» spiego premendo il tasto per aprire il portone.

Poi cerco le chiavi e velocemente apro anche la porta di casa.

Sono sempre un po' agitata in queste situazioni e, anche se non sono nel pieno della mia forma, mi fa piacere avere a cena persone nuove.

Attendo con ansia il loro arrivo per qualche minuto ascoltando le vocine dei bambini che rimbombano sulle scale.

La prima faccia che vedo è quella di una giovane donna.

Ha un viso pulito e gentile.

La mamma mi ha detto che ha circa trentacinque anni e devo dire che se li porta davvero benissimo!

«Tu devi essere Michela!» le sorrido.

«Sì, molto piacere, tu sei?» domanda cortesemente porgendomi la mano.

«Margherita, la figlia di Luca e Cristina.»

È vestita molto elegante, ha un fisico bellissimo ed è davvero carina.

Poi, subito dietro di lei, due dolcissimi marmocchietti un po' timidi si fanno strada dentro casa.

«Presentatevi, bimbi!» li incita lei mentre saluta gentilmente i miei genitori.

«Io sono Martina, lui è Francesco, ma non parla molto...» sento dire alla bimba un po' più grande.

«Ah ok, ciao piccoli, io sono Meg!» dico cercando di rivolgermi a loro il più normalmente possibile, anche se sono bambini.

L'ultimo a entrare è Daniele.

La prima cosa che vedo di lui sono le scarpe, e poi un abbigliamento estremamente formale. Faccio quindi scivolare il mio sguardo sempre più in alto fino ad arrivare al suo viso.

E arriva la sorpresa.

Non posso credere ai miei occhi.

Spero vivamente di sbagliarmi.

«Ciao, Luca!» dice a mio padre con enfasi. «Molto piacere, sono Daniele!» aggiunge poi rivolgendosi a mia madre.

«Cristina, piacere mio... accomodatevi pure, è quasi pronto!» annuncia lei.

Più lo osservo più mi convinco di quello che penso.

Daniele si volta verso di me e mi guarda, per la prima volta, negli occhi.

Noto dalla sua espressione che è sorpreso quanto me di vedermi, anche se non sono sicura che abbia ben capito chi sono, e questo mi conferma sempre di più la mia teoria.

«Piacere, Daniele.» Si avvicina a me cercando di non essere scortese, anche se ha l'aria confusa.

«Margherita» dico, senza porgergli la mano.

Mi volto dall'altra parte e raggiungo la mia stanza senza dire una parola.

Ho bisogno di meditare su ciò che ho appena visto.

Ma appena mi siedo sul letto mi sento chiamare da mio padre per andare a tavola.

«Arrivo subito!» urlo.

Non so cosa fare.

Faccio per fiondarmi verso la cucina, ma appena metto piede fuori dalla porta della mia stanza ad aspettarmi c'è proprio Daniele, sempre che si chiami realmente così.

Lo fisso per qualche secondo in attesa che dica qualcosa. Quando sta per aprire bocca lo interrompo.

«Non posso crederci» sussurro, sbalordita.

«Ti prego, non dire niente a mia moglie, ti prego» mi implora.

«Mi fai schifo, Daniele. O forse dovrei dire *Max*?» lo provoco.

«Per favore non...»

Ma non riesce a finire la frase perché mio padre compare nel corridoio.

«Cosa complottate voi due, venite a tavola!» ci rimprovera.

«Subito» dice Daniele implorandomi con gli occhi.

«Subito» ripeto, guardandolo con aria di sfida.

Non posso credere che una situazione del genere possa esistere.

Lui è Max o Daniele?

Perché ha una moglie e addirittura dei figli e nel frattempo esce con Olimpia, fingendo un'altra vita?

Da quanto va avanti la storia di «Max»?

Perché fingersi qualcuno che non è?

E Olimpia lo sa?

Mi siedo a tavola di fronte a lui e sogghigno notando il suo nervosismo.

«Quindi cosa c'è di buono, mamma?» domando curiosa.

«Come primo una crema di ceci che ha fatto la nonna!» annuncia felice.

«Che bello! Amo la crema di ceci!» esclama Daniele-Max.

«Come ami la tua famiglia, immagino.» Fingo un sorriso.

Mia madre mi guarda confusa.

Faccio spallucce e sorrido anche a lei.

«Anche ai bambini piace un sacco!» ci informa Michela. «Vero, Marti?» chiede conferma alla bambina.

«Sì» risponde lei sorridendo.

Sembrano una famiglia così carina.

I bambini sono davvero educati e durante tutto il pasto non fanno altro che ringraziare e chiedere «per favore».

Michela, poi, è una bella donna, gentilissima con lui e con i bambini.

Mi piange il cuore a sapere la verità.

La cena va avanti senza troppi problemi, a parte qualche strano sguardo tra me e Daniele.

Quando arriviamo al momento del dolce, però, il discorso tra mio padre e Michela si sposta sull'argomento social network.

Inevitabilmente noto Daniele irrigidirsi.

Mia madre partecipa interessata.

«È comunissimo tra i giovani adesso fidanzarsi con qualcuno che non hanno mai visto dal vivo» afferma Michela.

«Anche molto pericoloso» aggiungo io, sfidando Daniele con gli occhi.

«Ma può essere divertente, un angolo di sfogo in una vita di cui ti senti prigioniero. Su Internet nessuno sa chi sei, puoi ricominciare da zero» afferma Daniele guardandomi preoccupato.

«Scappare dalla propria vita, rifugiandosi in una vita finta, basata sulla menzogna, è da codardi. Se la tua vita non ti piace ti impegni per cambiarla. Dai problemi non si scappa» lo provoco sempre di più.

«Meg! Cos'è questa aggressività?» mi rimprovera mia madre.

«Stavo solo esprimendo un parere» mi giustifico.

«Quando le tue decisioni implicano anche la felicità altrui è molto difficile tirare fuori gli attributi, e per molte persone Internet è la via di sfogo migliore e più facile» continua Daniele.

Tiro un calcio sotto il tavolo.

Lui mi guarda, so che gli ho fatto male, ma non lo dà a vedere.

Io sorrido compiaciuta.

Mia madre, che ovviamente ha visto tutto, mi fulmina con lo sguardo.

«Non vedo l'ora di fare dei figli, pentirmi di averli fatti, e fingermi un trentenne single su Internet (anche se in realtà ne ho trentasette passati, di anni) per iniziare una relazione con una diciassettenne del liceo! Mi hai fatto venire in mente cosa voglio fare da grande, ti ringrazio!» urlo.

«Meg!» mia madre impallidisce.

«Come ti permetti di attaccare così il povero Daniele?» mi rimprovera mio padre.

Michela ci osserva confusa e i bambini continuano a mangiare il gelato senza darci minimamente ascolto.

«No, perdonateci, non ve l'abbiamo detto perché la situazione ci sembrava davvero strana, ma appena mi ha visto mi ha confuso per un'altra persona molto simile a me che conosciamo entrambi, e la cosa ci ha fatto molto ridere, ecco, sì...» Daniele si arrampica sugli specchi pregandomi con gli occhi di non dire più una parola.

«Già! Non vedo l'ora di raccontarlo alla mia migliore amica!» esclamo, fissandolo, fingendo un sorriso.

Finge un sorriso anche lui.

«Sicura di averne ancora una?» mi provoca lui, come per fare una battuta.

Tutti a tavola ridono, mia madre mi guarda preoccupata per paura che io mi sia offesa.

«Non preoccuparti, in ogni caso lo saprà» lo rassicuro, sorridendogli ancora.

Mia mamma mi guarda: è confusissima ed è evidente che si senta molto a disagio.

«Io ho finito!» annuncio un attimo dopo alzandomi dal tavolo, con la massima nonchalance possibile.

Ma dentro friggo dalla rabbia.

38

La prima cosa a cui penso appena apro gli occhi è Olimpia.

In qualche modo devo dirle ciò che ho scoperto.

Non so a chi rivolgermi per risolvere questa situazione. Ma è giusto che lei lo sappia.

Nonostante quello che mi ha fatto, lei non merita questo.

Tutti meritano una relazione basata su pura verità e fiducia.

Appena arrivo a scuola, però, purtroppo, noto che Olimpia è assente.

Sarà di nuovo con lui?

Le starà dicendo tutta la verità?

Passo la mattinata, invece che ad ascoltare i professori, a scarabocchiare disordinatamente su un foglio parole confuse che mi piacerebbe che Olimpia leggesse.

Entro la fine dell'ultima ora le riesco a riordinarle in frasi di senso compiuto e a salvarle in una nota del cellulare.

Non mi va che Olimpia sappia che sono stata io a mandarle questa lettera, così decido di inviarle una mail anonima da un indirizzo che mi creo per l'occasione.

Mentre sono intenta a inventare una falsa e-mail ricevo un messaggio di mia madre.

> Si può sapere che diavolo ti è preso ieri sera?
> Spero tu abbia una valida spiegazione per il tuo comportamento.

Che palle.

Per il momento decido di ignorarla, penserò a qualcosa da dirle più tardi, adesso devo informare Olimpia.

In questa mail non si parla della cena di ieri a casa mia, ma la si mette in allerta su chi sia davvero il ragazzo che sta frequentando.

Preparo tutto e dopo aver riletto almeno sette volte per controllare che non possa riconoscere che l'ho scritta, io premo INVIO.

39

Sono a casa, è domenica pomeriggio e il cielo fuori è grigio.

Odio questo tempo, mi mette così di cattivo umore...

Sto osservando distrattamente lo schermo del mio telefono quando sento suonare al citofono.

Non aspettiamo nessuno, strano.

«Ma', vai tu!» urlo.

Sento i passi svogliati di mia madre che si avvicinano alla porta di ingresso.

«Chi è?» domanda.

Sta zitta per qualche secondo.

«Certo. Te la chiamo subito» dice poi.

Ora i suoi passi si avvicinano e mi alzo dal letto incuriosita.

«Chi era?» chiedo prima che parli lei.

«Non ne ho idea, so solo che è per te, penso sia quella tua nuova amica, Stefania... chiede se puoi scendere un secondo.»

Stefania?

Che strano.

«Ok» mi limito a rispondere.

Mi infilo le scarpe e scendo.

Appena metto piede fuori dal portone vedo Olimpia che mi aspetta.

La fisso confusa per qualche secondo.
E lei, cogliendomi di sorpresa, mi abbraccia.
«Grazie. Davvero» dice.
La allontano dolcemente.
«Per cosa?» chiedo confusa.
Tira fuori dalla tasca un foglio, all'inizio non capisco, ma non appena Olimpia mi permette di prenderlo in mano riconosco le mie parole.
È la mia mail.
Come ha fatto a capire che l'ho scritta io?
Mi sono anche impegnata a usare parole che non uso di solito!
«Non ho idea di cosa sia questa cosa, Olimpia...» cerco di fare la vaga.
«Ho apprezzato anche il tuo mal riuscito tentativo di nascondere che fosse tua. Il problema è che non conosco altre persone che, come te, non usano le maiuscole all'inizio delle frasi» spiega.
Inevitabilmente sorridiamo.
Cazzo, come ho fatto a non pensarci?
«Be', prego, adesso ciao.» Le passo la lettera, tornando seria e faccio per rientrare in casa.
«No, aspetta.»
Mi volto.
«Mi manchi» dice.
Mi addolcisco alla vista del suo viso così triste e noto solo ora che ha delle occhiaie profondissime. La storia di Max deve averla buttata molto giù.
«Dài, sali!» le dico.

40

Passo il pomeriggio a rimuginare sulla conversazione avuta lunedì scorso sulla 60 con Tom e comincio a pensare di aver fatto male ad andarmene da casa sua in quel modo domenica scorsa.

Forse voleva solo parlare di quello che era successo allo Zebra, e passare un po' di tempo con me, e io invece l'ho malamente respinto senza dargli la possibilità di dirmi niente.

Un po' mi sento in colpa, ma allo stesso tempo, penso di sapere quali fossero le sue intenzioni e, dopo tutto quello che ho passato, non sono disposta a concedermi fisicamente a nessuno prima di esserne davvero sicura.

Inoltre Tom è una persona splendida, ma avendo trascorso troppo tempo a vederlo solo come un mio amico, mi è davvero difficile pensare a lui in un altro modo. Anche se, dentro, sento di provare nei suoi confronti qualcosa che non sono ancora riuscita a spiegare nemmeno a me stessa.

Non so se è perché fossi ubriaca durante il nostro bacio o per via della confusione dovuta allo scorso weekend stressante e fuori dall'ordinario. Ma so che devo vederlo.

Voglio parlarci.

Ho bisogno di chiarire questa situazione.

Ora.

Senza pensarci troppo preparo velocemente le mie cose ed esco.

Raggiungo casa sua in tempo record, a piedi perché sono troppo agitata per fermarmi ad aspettare l'autobus.

Poi però, quando arrivo sotto il portone, rimango qualche minuto a camminare avanti e indietro chiedendomi se sto facendo la cosa giusta.

Mi ricordo, poi, di avere ancora nello zaino che mi sono messa in spalla senza pensare prima di uscire di casa il pacchetto di sigarette che avevo comprato quel sabato mattina.

Così ne tiro fuori una e la accendo.

In questo momento, nonostante il saporaccio che mi rimane in bocca, e che continua a non piacermi, devo dire che capisco perché le persone fumano quando sono agitate o stressate.

Non voglio che diventi un vizio, e ancora non lo è assolutamente, ma penso che potrei abituarmi a fumare almeno in situazioni come queste.

Il modo in cui la sigaretta appare in mezzo alle mie dita, il fumo che esce piano dalla mia bocca e sale verso l'alto...

C'è qualcosa di stranamente magico in tutto questo.

Quando la finisco sono pronta per affrontare Tom, o almeno credo.

Tiro fuori il telefono dalla tasca e compongo il suo numero.

Risponde quasi subito.

«Che cazzo vuoi?» ringhia.

«Scendi?»

«Eh?»

«Sono qui sotto, scendi?» ripeto.

Per qualche secondo non dice nulla.

«Ok» risponde e subito dopo attacca.

Il tempo che resto in attesa mi sembra infinito.

Fisso insistentemente lo schermo del telefono per evitare di dover essere io a iniziare la conversazione quando Tom arriverà.

A essere sinceri non so bene cosa voglio dirgli.
Mi piacerebbe solo sentire quello che ha da dirmi lui, sempre che abbia qualcosa da dirmi.
Finalmente sento il portone che si apre, ma non alzo lo sguardo dal mio cellulare.
Il mio stomaco si stringe mentre continuo a fissare la schermata iniziale.
«Quindi?» fa Tom.
Alzo lo sguardo.
I suoi occhi sono stanchi.
Ha la faccia stravolta e non capisco.
«Hai fumato?» domando infastidita.
«Se sei qui per rompermi i coglioni come fai sempre puoi anche andare» risponde.
Ha ragione.
Non sono venuta qui per questo.
«In realtà...» cerco di spiegarmi.
«In realtà cosa?» insiste.
«In realtà sono qui perché vorrei capire.»
«Capire cosa? Cosa c'è da capire?»
«Perché? Perché adesso? Perché io?»
Sospira.
Guarda in basso.
Sorride.
Per la prima volta noto le sue fossette.
Qualcosa nel modo in cui lo guardo cambia improvvisamente.
Mi sembra piccolo e fragile.
Mi sembra indifeso e ferito.
Vorrei sedermi, farlo appoggiare su di me e accarezzargli i capelli.
Alza lo sguardo.
Fa un sospiro e comincia a parlare.
«Sei un casino. È difficile non odiarti per via di tutti i

problemi inutili che ti fai per ogni cosa. Non ti piaci mai, ti lamenti di non essere perfetta. E sì, non sei perfetta, ma esiste la perfezione? Ti lagni continuamente per via dei tuoi difetti, sei insicura, lunatica, un totale controsenso, sempre. Ma sei anche la ragazza più fragile e premurosa che io conosca. Ti nascondi dietro a stupide bugie, fingi di essere stronza, ma non lo sei. Sostieni di odiare le smancerie e poi piangi la notte davanti ai film d'amore. Il tuo muro è quasi impossibile da abbattere, ma, senza accorgertene, ti affezioni troppo facilmente, e per le persone a cui vuoi bene daresti tutto. Sei forte, anche se lo neghi, anche se non sembra, resti fino alla fine, anche a costo di perdere te stessa. Ti preoccupi, a volte anche troppo, per le cose più stupide e senza fare niente di specifico diventi indispensabile per le poche persone che riescono a capirti davvero. Tutto questo mi piace, mi piaci. Mi piace conoscerti più degli altri e sapere di te i dettagli più strani, piccoli, quelli che nessuno nota mai. Mi piace osservarti mentre leggi intensamente sul divano, perché senza rendertene conto fai delle facce buffissime, mi piace la tua mania stupida di rigirarti tra le dita, quando sei agitata, l'anello che tieni sempre sulla mano destra. Mi piace come, pensando che nessuno ti guardi, ti sistemi i capelli dietro all'orecchio. Mi piace che non ti importa cosa pensano gli altri. Mi piaci. Mi piaci e basta. Ed è un bel casino di merda, lo so.»

Non riesco a credere a quello che ho appena sentito uscire dalla sua bocca.

Non riesco a credere di non essermene mai accorta.

Mi ha descritta alla perfezione.

Tutto quello che ci sarebbe da dire su di me l'ha appena detto.

Non pensavo mi conoscesse così bene.

Lo osservo mentre, agitato, si mangia le unghie.

«Mi dispiace di aver rovinato tutto, non te l'avrei mai detto: esserti amico e starti accanto mi bastava» aggiunge.

Questo fa ancora più male.

«Wow» è l'unico commento che riesco a fare.

«Che risposta del cazzo. Sei venuta qui per sentirti apprezzata e darmi questa risposta del cazzo? Ti piace che io stia male? Che cazzo hai nel cervello?» urla.

«Non mi aspettavo una risposta del genere da parte tua. Mi sembra di sentir parlare una persona che non conosco. Pensavo che i tuoi atteggiamenti mirassero a qualcosa di diverso... ti ho sempre visto comportarti in modo diverso con le ragazze» cerco di spiegare.

«Perché non me ne è mai fregato un cazzo di nessuna ragazza! Il mio interesse non è e non è mai stato portarti a letto, come puoi anche solo pensarla una cosa del genere?»

«Ti ho sempre e solo visto con delle tipe che probabilmente ti portavi a letto e mollavi il giorno dopo, perché avrei dovuto pensare a intenzioni diverse nei miei confronti, che tra l'altro sono tua amica da tanti anni?» lo provoco.

«Perché non ho mai fatto niente per fartelo pensare! Anzi, non ho mai avuto intenzione di fare niente e basta... ma come fai a non capirlo?» fa lui alzando ancora la voce.

«Primo: smettila di urlare, e poi ti chiedo di essere comprensivo nei miei confronti dal momento che mi hai totalmente colto alla sprovvista, e questi tuoi atteggiamenti di merda non fanno che peggiorare la situazione.»

«Atteggiamenti di merda? Io? Più parliamo più mi rendo conto che sei un'egocentrica del cazzo. Ti rendi conto che l'atteggiamento di merda è il tuo, vero?»

«Egocentrica? Io? Sei tu che pensi solo a te adesso, ti ho chiesto scusa, mi hai colto di sorpresa, non ho saputo reagire e nemmeno adesso so che cazzo devo fare... e se continui a urlarmi addosso non riuscirò mai a capirlo!»

Mi volto e mi porto le mani nei capelli.
Dio quanto è difficile parlare con lui.
Mi allontano di qualche passo.
«Dove cazzo vai adesso?» domanda.
«Cosa vuoi ancora?» sbraito, voltandomi.
«Hai dimenticato una cosa» dice.
Poi fa velocemente due passi, mi afferra con forza i fianchi, mi tira verso di lui e mi bacia.
Le nostre labbra si incontrano di nuovo e le mie gambe tremano.
Nell'esatto momento in cui sento di nuovo il sapore del suo bacio mi sembra di volare.
Non era l'ebbrezza.
Non era la confusione.
Era lui.
Stavo bene perché ero con lui.
Mi stringe a sé e mentre mi bacia muove le mani sulla mia schiena.
Mi sembra di impazzire.
Porto le mie mani sui suoi capelli.
Non credo che la mia testa riuscirà a reggere anche questo.
Si allontana di qualche centimetro dalla mia bocca.
Sento il suo respiro pesante sul collo e per qualche motivo mi emoziona.
Come ho fatto a non accorgermene prima?
Sto bene.
Sto bene per davvero.
Non l'avrei mai immaginato, ma questo è esattamente ciò di cui avevo bisogno.
Lui mi scruta attentamente.
Mi imbarazzo.
Mi bacia di nuovo.
«Sei tutta rossa, sei carina» sussurra.
Sono tutta rossa?

Questo mi mette ancora di più in soggezione, ma per qualche motivo non mi dispiace.

Lui sorride.

Io sorrido.

«Ah, e per la cronaca, sono vergine» mi informa.

«Cosa?» domando incredula.

«Già...» afferma con fierezza.

«Non l'avrei mai detto» ammetto.

«Lo so.»

Mi bacia di nuovo.

Questa volta non devo pensarci neanche un secondo.

Questa volta so esattamente cosa voglio.

PARTE SECONDA

41

Comincia tutto così.
Da un bacio.
Poi i primi messaggi.
I «buongiorno» scritti ogni tanto sì e ogni tanto no.
Le prime uscite.
La paura di invadere gli spazi e quella di non essere abbastanza.
I primi sguardi, le mani intrecciate.
Le farfalle nello stomaco più frequenti del solito.
Non sapere che ore sono, tornare a casa con il telefono carico.
Dormire sempre poco o non dormire affatto.
Camminare senza mai stancarsi, alle quattro di notte, mano nella mano.
Piangere.
Passare ore al telefono.
Gridare.
Saltare.
Ballare.
Provare cose, esperienze, sensazioni nuove.
Visitare posti nuovi.
E rincorrersi, senza ammetterlo mai.

E volersi troppo bene.
Abbracciarsi forte, ma non troppo che poi ci si fa male.
Non aver bisogno di promesse, rassicurazioni, sguardi.
Ma solo di vedersi, sapendosi sempre l'uno a fianco all'altra.
Un giorno sì e l'altro pure.
E baciarsi sotto la pioggia solo «perché lo fanno nei film».
E ridere fino a star male.
E dormire abbracciati.
Odiare tutto e odiare niente.
Tenersi testa, nel modo sbagliato.
E litigare.
Litigare tanto.
Litigare forte.
Ma poi ritrovarsi.
Riabbracciarsi.
Riprendersi.
E i «vieni qui?». E i «dove sei?».
Essere felici.
Spensierati.
Andare al cinema solo per baciarsi.
E discutere di nuovo.
Ed essere gelosi, ma senza dirlo mai troppo.
E pensare così tanto da sentirsi scoppiare.
Labbra, occhi.
Sfiorarsi.
Sussurrare.
Combattere il freddo sotto un piumone, con la pioggia fuori.

42

Siamo al telefono.

Stiamo già litigando.

Sento che è fuori, ma sostiene di essere in casa.

«Vaffanculo» sospiro.

«Se vuoi ci vado subito, ma sono qui sotto, magari preferisci scendere che ne parliamo.»

Sorrido.

43

Sono tornata a casa da scuola da qualche ora.

Sto ciondolando sul mio letto controllando il telefono ogni ventisette secondi in attesa di un suo messaggio.

È diventata un'ossessione che non riesco a gestire.

Suona il telefono.

Mi sobbalza lo stomaco.

Non è lui.

Merda.

Devo smetterla.

44

«Guardiamo *Forrest Gump*, allora?» propongo.

Sono ore che andiamo avanti a bisticciare perché non sappiamo che film guardare.

«Non mi piace» protesta.

«Non ti piace niente.»

«Mi piace camminare, e poi mi piaci tu.»

45

E assurdo, inspiegabile, incontrollabile, straziante.
È pazzesco, è incredibile.
Dipendo da lui.
Non vorrei, non dovrei, ma dipendo totalmente da lui.
È tutto quello che voglio, tutto quello di cui ho bisogno.

Ti prego
non andare
non andare mai via da me.
Non ti chiedo niente
non voglio regali
non voglio parole dolci
non voglio la luna
non voglio che mi porti in braccio
non voglio che tu mi scriva ogni giorno
non voglio essere viziata
non voglio che paghi tu quando mangiamo fuori
non voglio che vada sempre tutto bene
non voglio che tu chieda sempre scusa per primo
non voglio niente da te di straordinario,
solo
resta.

Resta te.
Resta te e resta con me.
Tu e io
senza mai dirci addio.
Rimani.
Non fare come gli altri, rimani.
Non scappare, non sparire,
non correre via da me.
Resta.

46

> 4.05 am.
> Ehi ciao.
> Ecco, volevo sono dirti che sono nel letto, da sola, e credo di star piangendo.
> Cioè... sicuramente sto piangendo.
> Aspetta.
> Forse ho sbagliato tutto.
> Ricomincio.
> Ciao Tom,
> è notte.
> Sono nel letto.
> Mi sto impegnando più che posso per scrivere in questo messaggio tutto quello che c'è nella mia testa.
> Probabilmente non avrai fatto tutti i conti alla rovescia che ho fatto io, ma oggi è esattamente un mese che le mie labbra hanno sfiorato le tue per la prima volta.
> Che merdata smielata da fidanzatini.
> Scusa.
> Ricomincio di nuovo.
> Ciao.
> Vorrei davvero parlartene.

> Perché ho bisogno di raccontarlo a qualcuno.
> E forse quel qualcuno sei tu.
> Ma tu sei anche il racconto.
> No, aspetta.
> Adesso ti dirò una cosa.
> Ti odio.
> Ti odio per avermi portato al punto di stare male se non rispondi a un mio messaggio.
> Ti odio perché non mi dici mai cosa fai, con chi sei e dove vai.
> Ti odio e vorrei dormire con te, ma non sei qui.
> Però un po' non ti odio perché mi hai dimostrato che non sempre fidarsi è sbagliato.
> E basta.
> Un po' anche grazie.
> Per tutto.

47

Mi sta spostando i capelli dal viso.

È la sensazione più bella e pura che io abbia mai provato in vita mia.

«Andiamo a cena fuori?» domanda.

«Io e te?» chiedo conferma.

«Sì, tipo un appuntamento o cose così» cerca di spiegarsi.

Scoppiamo a ridere.

«Va bene» rispondo.

48

Siamo al telefono.

Sto piangendo cercando di non farmi sentire.

«E quindi?» domando con un filo di voce.

«E quindi cosa?» urla lui.

Sentirlo urlare così mi spezza il cuore.

«Cosa hai intenzione di fare?» sussurro cercando di mascherare la mia disperazione.

«Non voglio più vederti, non sto più bene con te, non c'è niente da fare o da capire, basta» ripete, di nuovo.

Qualcosa dentro di me si spezza.

Mi manca l'aria.

Attacco il telefono.

Non riesco a respirare.

Urlo.

Piango forte, tanto.

Squilla il telefono.

È lui.

Non dovrei rispondere.

Ma voglio troppo.

«Cosa c'è ancora?» sbraito.

Non risponde.

«Mio Dio, tu sei pazzo!» dico.

«Non sono pazzo. Un po' stronzo per farti questi scherzi sì. Forse anche un po' matto. Ma tu sei un po' stupida, che ci caschi ogni volta» dice.

Ride.

Le mie lacrime si bloccano.

Rido nervosamente.

Sono incazzata.

Ma mi viene da ridere.

Il mio sollievo adesso supera l'incazzatura.

Questi suoi scherzi stupidi li odio, è davvero bravo e ogni volta ci credo.

Lo odio.

Non dico niente.

Non so cosa dire.

«Amore mio...» ride.

Finisco per scoppiare a ridere anche io.

«Vaffanculo» dico.

49

Osservo attentamente come le nostre dita si intrecciano alla perfezione.

Come le mie mani, tra le sue, appaiono perfette.

Sorrido.

Forse mi sto innamorando.

50

Mi squilla il telefono.

«Ohi» rispondo.

«Dove cazzo sei? Ti aspetto da venti minuti, sono usciti tutti, manchi solo tu.»

È parecchio infastidito.

Cazzo.

Mi sono scordata che dovevamo uscire a pranzo.

«Sto arrivando, scusami tantissimo, ho dovuto fare una cosa, dopo a pranzo ti spiego» improvviso.

«Cioè, sei andata via da scuola senza aspettarmi?» chiede conferma.

«Sì, solo perché dovevo fare una cosa, ti ho detto, sto tornando, dieci minuti e sono lì» ripeto.

«Dieci minuti non li aspetto, potevi avvertirmi che tornavo direttamente a casa. Vaffanculo. Ciao» urla poco prima di attaccarmi il telefono in faccia.

Quanto è permaloso, Dio.

Si arrabbia per le cose più stupide e ha la cattiva abitudine di attaccare il telefono senza mai lasciarmi parlare.

Sento lo stomaco stringersi per il fastidio, ma non posso sempre richiamarlo io, quindi decido di lasciar perdere, quando si calmerà mi scriverà lui.

Odio la sua arroganza e la sua presunzione in queste situazioni.

Sono fragile e mi viene sempre e solo da piangere.

Non ho ancora imparato a reagire, a tener testa alla sua follia.

Stare con lui mi ha totalmente cambiata.

Sono diventata una di quelle ragazze che passano le ore ad aspettare un messaggio e che ci mettono altrettanto tempo a rispondere.

È così strano e incredibile quello che provo per lui che, oltre a non saperlo ancora bene definire, non ho ancora imparato come relazionarmici al meglio.

Non mi sono mai sentita così mentalmente attratta da nessuna persona.

Ho sempre avuto tutto ciò di cui avevo bisogno davanti e me ne sono resa conto adesso.

Ma meglio tardi che mai, no?

Passo il pomeriggio ad aspettare un messaggio di scuse che però non arriva mai.

Più passano i minuti, più sento lo stomaco stringersi.

Un senso di fastidio assurdo accompagna il mio pomeriggio.

Arrivata la sera ancora non si è fatto sentire.

Questa volta, però, non voglio essere io a cercarlo, non di nuovo.

Finisco per passare metà della notte a rigirarmi indecisa nel letto.

Non posso credere che davvero per una stronzata del genere non si sia fatto sentire tutto il giorno.

Io ci sto male e lui non sembra minimamente preoccuparsene.

Perché devo sempre essere io a mettere da parte l'orgoglio?

Perché non può per una volta essere lui a farmi sapere che a me ci pensa?

È tardi, non so nemmeno che ore sono, e penso a lui.

Vorrei che fosse qui.

Vorrei dormire con lui.

E parlare piano.

E sfiorarci.

E abbracciarci tanto.

Lo odio.

Il mio problema, quando mi faccio coinvolgere da qualcuno, è che poi gli dedico tutto.

Anima, corpo e paure.

Odio essere attratta mentalmente e fisicamente da qualcuno, perché poi non me lo tolgo mai dalla mente.

Ci penso costantemente.

È un pensiero che mi fa impazzire.

Vado fuori di testa.

Passo la maggior parte del tempo a volerlo al mio fianco.

Ma sono sempre frenata dalla paura di allontanarlo, di essere troppo assillante, fastidiosa, invadente.

Eppure il desiderio di averlo accanto mi spinge ad andarci incontro e a provarci in ogni modo.

E lui mi piace, mi piace da impazzire.

51

«Ti sembra il comportamento di una persona matura?» sbraito.

«Ti ho chiesto scusa, cazzo, basta adesso» urla.

«Le tue scuse non mi bastano più. Mi sono rotta il cazzo delle tue scuse. Fai sempre un sacco di merdate e poi pensi che basti pronunciare una parola per risolvere le cose. Io non funziono così. Ho bisogno di dimostrazioni, delle parole non me ne faccio niente.»

«Lasciami da solo» sospira.

«Cosa?» domando sbalordita.

«Ti ho detto di lasciarmi da solo!»

È seduto sul suo letto, di fronte a me, che sono in piedi, incredula.

«Perché invece di evitare i problemi questa volta non proviamo a parlarne?»

Non mi risponde.

Si volta dall'altro lato.

Mi viene da piangere.

Mi avvicino piano.

Mi inginocchio davanti a lui e appoggio le mani sulle sue ginocchia.

«Non mi toccare!» mi spinge.

Cado indietro.
Non riesco più a trattenere le lacrime.
Sono spaventata.
Ha gli occhi lucidi, arrabbiati, non sembra più lui.
Guarda in basso e non dice una parola.
Inizio a piangere a singhiozzi.
Lo fisso mentre i miei occhi si riempiono di lacrime.
Sono esausta.
Si alza velocemente e si accascia a terra affianco a me.
Mi prende in braccio goffamente come fossi una bambina.
«Ti prego, non piangere» implora.
Non riesco a fermarmi.
«Ti prego, scusami, non piangere, per favore.» Sembra preoccupatissimo.
Alzo lo sguardo.
I nostri occhi si incrociano.
Non l'ho mai visto così.
Il suo sguardo è totalmente cambiato.
Sembra un colpevole, indifeso e rassegnato.
«Ti prego, smettila» continua a ripetermi.
Mi accarezza dolcemente la testa mentre continuo a piangere appoggiata alla sua spalla.
Mi stringe forte a sé.
«Mi dispiace tanto, io... ti giuro non...» parla a fatica, sembra che stia per piangere.
Si schiarisce la voce.
«Mi comporto così solo con le persone a cui tengo davvero. Se non mi importasse di te non mi importerebbe nemmeno di mostrarti la mia parte orgogliosa. So quanto può essere difficile capire questo discorso, so quanto possa sembrare uno stupido controsenso, ma giuro che lo faccio solo perché a te ci tengo. Tanto» dice.
Non so cosa dire.
Fa male e allo stesso tempo benissimo.

Fuoco e acqua.
Bianco e nero.
Buio e luce.
«Anzi... sai cosa?» aggiunge.
«Cosa?»
«Io credo di amarti.»
Sento un brivido che mi percorre tutta la schiena.
Nel mio stomaco qualcosa si illumina, sembra un vuoto d'aria in aereo.
Lacrime di gioia si mischiano a quelle di disperazione e continuano a scendere velocemente sulle mie guance.
«Cosa hai detto?» chiedo conferma.
«Io ti amo. Ti amo sempre. Non so come sia possibile, e sono stranito. È una sensazione nuova per me. Però ti amo, e di questo ne sono certo. Non mi ritrovo nelle stronzate che dicono sempre tutti. Non ti amo perché hai dei begli occhi e uno splendido sorriso. Oddio sì, hai uno sguardo che è impossibile non notare e in cui mi perdo ogni attimo e una bocca che sembra messa lì apposta per farti sorridere. Ma io mi sono innamorato di altro. Non ti vedo con gli occhi degli altri. Vado fuori di testa per le tue piccole cose, per il modo in cui ti sistemi i capelli, per lo strano vizio che hai di arricciare la bocca quando qualcosa non va. Tu sei quello che aspettavo e ne sono certo, perché se non dovessi svegliarmi domani mattina mi dispiacerebbe, potrei perdermi un tuo gesto, il tuo nuovo vizio, un respiro diverso. Non te lo sto nemmeno a dire, poi, di quella risata assurda che riesce a farmi dimenticare tutto il resto per qualche secondo. Perché, sì, il tuo viso nel complesso è davvero carino, ma sono i piccoli particolari che mi fanno impazzire. Hai un bel fisico, e su questo niente da dire, ma è il modo in cui ti muovi che ti rende pazzesca. Le tue piccole e fragili spalle non mi piacciono perché ti rendono elegante, ma per come mi fanno sentire grande e responsabi-

le quando ti stringo tra le mie braccia. Non mi ha colpito il tuo modo di vestire, nel senso, ti vesti benissimo, ma sono affascinato più dallo stupido modo in cui ti sistemi le magliette. E non ti parlo di quando mi accarezzi dolcemente i capelli mentre stampi quelle labbra meravigliose sulle mie o di quando picchietti le tue dita sul mio corpo a ritmo di musica perché non conosco nemmeno le parole per descrivere la sensazione che provo. Se poi ti metti a ridere facendo quel buffo verso solo tuo non posso non ridere con te. Sono le facce che fai quando ti offendi a farmi ridere di più e sono le parole che dici più a bassa voce a incuriosirmi. Ti amo, cazzo. Quando è successo? Come me ne sono accorto? Non ti so rispondere con certezza, so solo che ho iniziato a sorridere al pensiero che ti avrei rivista camminare goffamente davanti a me mentre mi mostri luoghi della città sempre nuovi. Non so da quanto, ma adesso ti amo. Cosa sia l'amore precisamente non credo di sapertelo spiegare, ma sono certo di amarti, tanto, forse troppo.»

52

A questa età non lo decidi, succede. Non lo programmi, non sai quando. Arriva e basta. Un po' come il sole dopo settimane di pioggia.

Quando piove lo sai che prima o poi il sole tornerà a brillare, ma è proprio quando meno te l'aspetti che un raggio di luce entra dalla tua finestra illuminando tutto all'improvviso. E te lo aspetti così poco che inizialmente sei confusa, non capisci, ci metti un po' a realizzare che è tornato, così caldo e luminoso.

Succede proprio così, una mattina ti svegli e ti rendi conto di essere innamorata. Dentro di te piove da così tanto che nemmeno ti ricordi com'era fatto il sole. È la prima volta, però, che penetra così forte nella tua stanza, è la prima volta che hai paura della potenza con cui si impadronisce del tuo mondo.

Ti spaventa come tutto prende improvvisamente colore, eppure sembra così bello che ti fidi. Ti fidi e ti lasci andare. Ti lasci trasportare dalla bellezza del cielo e dal profumo dei fiori. Esci spensierata e alla pioggia non ci pensi più.

Vuoi urlare a tutti che ti senti bene, che finalmente anche tu sai cosa significa amare qualcuno.

È bello, bellissimo, non capisci più. Tutti i tuoi pensieri

vanno in una direzione, la tua vita prende senso, tutto apparentemente prende senso.

Ti basta un suo sorriso e vedi le farfalle, vuoi solo essere felice.

Decidi di fidarti, non sai perché, non sai come, ma non riesci a controllare questo vortice di emozioni incredibile.

Ti fidi di una persona che non sei tu, le dedichi ogni secondo della tua vita, ogni pensiero, ogni parola, ogni carezza.

Vivi spensierata, non ti importa di quello che pensano gli altri.

Sei adolescente, ti senti apprezzata, ti guardi allo specchio e con quel sorrisino ti vedi davvero più bella.

53

«Chi l'avrebbe mai detto? Hai perso la testa per qualcosa che hai sempre avuto a tua disposizione...» osserva Olimpia.

«A volte le cose bisogna saperle guardare in modi diversi per poterle apprezzare davvero» dico.

54

Siamo stati a una festa a casa di amici suoi.

Adesso è ubriaco e io sono incazzata.

«Amore mio!» biascica di nuovo.

«Ti ho detto di smetterla di urlare, siamo su un tram, cazzo» lo riprendo.

«Ti amo.»

«Sei ubriaco» rispondo.

«Adesso sono ubriaco, e ti amo, domani mattina sarò sobrio, ma ti amerò comunque.»

Sorrido, ma voltando la testa dall'altra parte per non farmi vedere.

55

Ci baciamo.

Non so nemmeno da quante ore.

Ci baciamo e ci baciamo tanto.

Ci stringiamo forte.

Sorridiamo.

Mi sento al sicuro.

Il sapore delle sue labbra mi trasmette tranquillità.

Non mi ricordo più quanto tempo è passato, ma ogni bacio mi sembra come il primo.

Mi sento bene.

Mi irrigidisco quando, per la prima volta, sposta la mano sul mio seno.

Voglio fare finta di niente.

Devo fare finta di niente.

I ricordi, però, sono più forti di me e improvvisamente, senza controllarmi, sposto la sua mano.

Forse non è ancora il momento.

Forse devo solo aspettare ancora un po'.

56

«Dài, dove siamo?» domando, insistente.

«Stiamo salendo vero?» continuo.

«Ti ho detto che adesso lo scoprirai, basta fare domande» ripete.

Sono bendata.

Siamo dal qualche parte in giro per Milano e non so davvero cosa aspettarmi da lui.

Mi accompagna piano cercando di aiutarmi il più possibile a orientarmi e davvero non riesco a capire dove siamo finiti.

«Ok» dice a un certo punto, fermandosi.

«Siamo arrivati? Posso vedere?» domando curiosa.

«E semplice, ma spero ti piaccia quanto piace a me.»

Mi slega dolcemente la benda.

Conto fino a tre e apro gli occhi.

Wow.

Siamo sul tetto di casa sua.

Il cielo è limpido e iniziano già a vedersi i colori del tramonto.

Sorrido quando abbassando lo sguardo vedo una coperta e qualche cuscino stesi per terra.

«Così tu guardi il tramonto, e io guardo te, e dopo possiamo fare l'amore, se ti va.»

Mi irrigidisco di nuovo.

L'amore?

Qui?

Adesso?

Non credo di essere ancora pronta per affrontare il mio passato in questo modo.

Non mi va.

Non voglio dirglielo, penso sarebbe troppo brusco da digerire perfino per lui.

Gli sorrido.

Lo bacio.

Ha fatto una cosa dolcissima per me e gli sono infinitamente grata, ma non sono ancora del tutto pronta.

«Non ti va?» domanda quindi.

«Non è che non mi va, solo... non è il momento» cerco di spiegarmi.

«Tranquilla.» Mi stringe forte.

Capisco dalla sua espressione che ci è rimasto male.

Non so cosa fare.

57

«Secondo me dovresti dirglielo» mi incita Olimpia.

«Sei matta? Lo sai come reagisce alle cose, mi butterebbe solo giù di morale, è un argomento troppo delicato e non sono pronta ad affrontarlo con lui» dico.

«Non puoi continuare a evitare il sesso per sempre, Meg.»

«Lo so, e ci sto lavorando, ma non ancora.» Abbasso lo sguardo.

58

Hai presente la prima sigaretta del pacchetto?

Quella che fumi tranquillo perché, avendolo appena comprato, «per un po' sei a posto»?

Hai presente le mattine in cui piove, sei tremendamente in ritardo e stai per perdere l'autobus, ma poi corri e riesci a prenderlo?

E sei davvero felice perché con un altro ritardo avresti rischiato la sospensione?

Hai presente quando ti sta per cadere il telefono, ma lo prendi al volo poco prima che sfiori il pavimento?

Che ringrazi tutti i santi in ginocchio?

Hai presente quando pensi di aver fatto un'interrogazione bruttissima, ma la professoressa è presa bene e ti mette sei?

E torni al posto cercando di non festeggiare troppo quando in realtà vorresti urlare?

Hai presente quando stai aspettando un messaggio importante, hai il telefono scarichissimo e riesci a metterlo in carica poco prima che si spenga?

Per me lui è un po' tutte queste cose.

Un sospiro di sollievo incredibile durante qualsiasi momento della giornata.

Il motivo per cui la mattina alle 7.30, quando mi suona

la sveglia, subito dopo aver imprecato sorrido e trascino il mio corpo pesante giù dal letto.

È inspiegabile e assurdo quanto l'averlo con me mi renda felice.

Quanto mi faccia stare tranquilla riguardo ogni cosa perché «tanto c'è lui».

Ma oltre all'averlo di per sé, che già mi basterebbe, è il come l'ho che mi tiene legata a lui senza lasciarmi andare via.

Con lui ogni giorno sembra il primo, niente è mai uguale, niente è mai routine.

È un po' matto, cambia spesso idea, è misterioso e mi fa incazzare come nessuno mai.

Eppure tutte queste sue cose strane e particolari che lo rendono unicamente insopportabile mi incuriosiscono al punto che non sarò felice finché non conoscerò ogni staccettatura della sua stranezza.

Ogni tanto lo odio perché si diverte a vedermi incazzata e approfitta del fatto che non me ne vado mai per prendermi in giro un po' troppo, ma è incredibilmente più forte di me la mia voglia di non andare via.

Non è mai una certezza perché non si sa mai cosa ogni mattina il suo carattere bipolare mi riserverà, ma i suoi abbracci mi fanno stare così bene che lo sopporto anche quando non vorrei.

Quando litigo con lui perché ha la luna storta mi viene un nodo allo stomaco strettissimo e non riesco a mandare giù nemmeno un bicchiere d'acqua finché le cose non si sono risolte.

Vorrei avere le parole per spiegare davvero che cosa sento, quanta ansia ho prima di rivederlo ogni volta, quanto piango quando qualcosa va storto, la morsa che sento dentro la pancia quando le sue mani mi sfiorano.

Quando le sue labbra hanno baciato le mie per la prima, vera, volta mi sembrava di svenire.

E non lo dico tanto per dire, lo dico perché, cazzo, ho paura, paura di quello che mi provoca, paura di come starei se lui decidesse un giorno che sono troppo semplice per uno strano come lui.

Ho paura che si stuferà, perché non sarò in grado di fargliele capire, tutte queste cose.

Non sarò in grado di spiegargli che davvero con lui partirei per andare ovunque, che davvero mi fa stare in modi assurdi, che sul serio mi cedono le ginocchia ogni tanto per colpa sua.

Non so cos'altro aggiungere se non che spero vivamente che non provocherà mai niente di simile a nessun'altra, perché questa piccola cosa nostra del capirci e parlarci come con gli altri non facciamo mi piace da morire e spero rimanga nostra.

59

«E di me cosa pensi?» domanda, accarezzandomi dolcemente i capelli.

«Che sei matto, e più passiamo del tempo insieme, più ne ho la conferma» gli sorrido.

«Questo matto ti ama» mi sorride.

60

«Lo capisci che è la cosa più giusta per me e per il mio futuro?» strilla, di nuovo.

«E a me non ci pensi?» Sono distrutta.

Non posso credere che stiamo davvero affrontando questa discussione.

Lui sta per partire. Il basket. Un'offerta a cui non poteva dire di no.

Ma non era il momento.

Andava tutto così bene.

Scoppio in lacrime.

«Non lasciarmi andare. Provaci, proviamoci. Se proprio devi partire, non lasciamoci andare via così. Sentiamoci, vediamoci quando possiamo, basta un po' di impegno. Trattienimi anche se non è la via più semplice. Voglio restare, davvero, ma ho bisogno che tu mi prenda per mano e mi insegni ad amare. Aiutami, non sono brava con gli abbracci e nemmeno con le parole, ma sono qui e ci voglio restare. Non sono brava con gli appuntamenti, le cose troppo dolci mi fanno venire la nausea e con le promesse faccio schifo. Però vorrei provare, almeno stavolta. Non mi lasciare. Non lasciarmi andare via» lo imploro.

Mi accarezza la guancia.

«Mi mancherai da morire» dice.

«Quindi hai deciso?» domando, la voce è spezzata e non esce più come dovrebbe.

Non risponde.

Guarda in basso.

È imbarazzato.

Io sono incazzata.

Non mi sembra vero.

Il mondo mi sta crollando addosso, mattone per mattone.

Non so quanto altro tempo riuscirò a reggere questa conversazione senza crollare.

È arrivato il momento in cui io dovrei voltargli le spalle e andare via.

È molto più difficile di quello che credevo.

Ma va bene così.

Non posso più trattenerlo in qualcosa in cui non vuole stare.

«Mi mancherai anche tu» ammetto.

Prendo un grande respiro.

Mi volto.

Me ne vado lentamente.

Una parte di me spera con tutte le sue forze che mi venga a riprendere, come fa sempre.

Che mi tiri per un braccio e mi baci senza smettere mai.

L'altra parte di me sa che, siccome non cambierebbe le cose, è meglio così.

Mi sento morire.

61

Esattamente con la velocità con la quale inizia, una storia come la nostra può finire.

Gli è bastata una stupida proposta sportiva in un'altra città per decidere che non ero più io la sua priorità.

«Quando tornerò potremo stare insieme per sempre» ha detto.

E vaffanculo.

Non vivrò aspettandolo.

Però fa male, male da morire.

Non credevo fosse capace di lasciarmi andare così facilmente.

È partito tre giorni fa e io non sono ancora riuscita ad alzarmi dal letto.

Come si fa ad andare avanti?

Come ci si abitua all'assenza di qualcuno che era tutto il nostro mondo?

62

Io penso a te.
Tu dormi.
E ti prego dimmi che è tutto finto.
Uno dei tuoi stupidi scherzi.
Sai, sono giorni che non dormo.
E devo dirtelo è solo colpa tua.
Voglio svegliarmi domani mattina e trovarti qui.
Affianco a me.
E guardarti dormire.
Ti prego, vieni a riprendermi.

63

È lunedì.

Esattamente una settimana che non lo vedo.

Ogni cosa ha il suo odore.

Ogni cibo ha il suo sapore.

Non risponde ai miei messaggi.

Spero che almeno un po' mi pensi.

Perché io a lui penso sempre.

Ho paura.

Paura che tutte le volte che dovrò pensare all'amore penserò a lui.

Paura che ogni sguardo, ogni bacio, ogni carezza mi riporteranno alla mente lui.

Paura che non riuscirò mai ad amare di nuovo.

Ieri, dopo giorni che stavo in casa a piangere e basta sono uscita insieme a Olimpia.

Mi sembrava di camminare in un mondo che non mi apparteneva.

La gente spensierata camminava per le strade di Milano e sorrideva.

Io volevo solo piangere, urlare, e distruggere ogni piccola via che mi ricorda lui.

64

Mi dispiace.

Mi dispiace di essere stata la persona giusta al momento sbagliato.

Mi dispiace di averti dato tutto anche se non me l'avevi mai chiesto.

Io volevo andare davvero fino in fondo con te.

Volevo scoprire ogni singola, piccola, sfumatura del tuo viso.

E scusa se ci ho messo un po' a lasciarmi andare, per paura di essere ferita.

E scusami se non mi sono fidata subito, per paura di affezionarmi troppo.

E mi dispiace da morire.

Ora che sono io ad aver perso la testa tu sei scappato via.

E fa tanto male.

Ora che sono io a essermi affezionata tu ti sei allontanato.

E mi manca il fiato.

Ora sono io a cercarti e tu non ti degni nemmeno di interessarti a come sto.

Ci siamo un po' scambiati i ruoli.

E mi dispiace.

E vattene anche a fanculo.

65

E i nostri programmi?

E le nostre promesse?

Come farò a partire pensando che dovevamo partire insieme?

Cosa fa?

Con chi è?

Mi pensa?

Ha mangiato oggi?

Quali sono i suoi progetti per il futuro?

Sta studiando?

Il basket come va?

I suoi sogni?

Desideri?

Qual è la sua nuova canzone preferita?

Va sempre in giro con quelle scarpe tutte rotte o si è deciso a comprarle nuove?

Si è tagliato i capelli?

Il primo tatuaggio che voleva tanto l'ha fatto?

L'ha accompagnato qualcuno?

C'è qualcuno di importante nella sua vita adesso?

66

Una rottura non ha niente di poetico.

Non è un coltello nel petto, una morsa al cuore o il non riuscire a respirare.

Non si tratta sempre di una bella ragazza che piange seduta nel suo bagno alle tre della mattina.

Una rottura vera non ha niente a che vedere con i libri che leggiamo.

Non ci passi sopra con un semplice pianto o con del gelato al cioccolato.

Non puoi avere il cuore spezzato un giorno e stare bene il giorno dopo.

Una rottura ti rompe, ti lacera, ma puoi aggiustarti.

Ci vuole tempo, dolore, tanta forza di volontà e probabilmente non ci passerai mai completamente sopra.

Una rottura non è mai qualcosa di bello.

67

«Hai presente quelle sere nel letto? Quando non riesci a dormire, quando pensi a tutto. Cazzate fatte, parole non dette, pianti, foto, risate, e quel pomeriggio al parco e quella corsa sotto la pioggia. Quella volta che siete andati in spiaggia insieme, quando vi siete tenuti la mano per la prima volta. E tutti questi ricordi iniziano a sfrecciare nella tua mente e si collegano velocissimi l'uno all'altro. E ti ricordi i primi sguardi, i primi sorrisi. Quel primo bacio che uno più bello non potevate darvelo. E un po' vorresti piangere, ma non lo fai per non svegliare nessuno. E muori dentro, muori in silenzio e lasci che i ricordi prendano il sopravvento. Chiudi gli occhi e forse non vorresti farlo, forse vorresti fermarti e non iniziare questo viaggio nel passato. E la vostra canzone, sì, quella che ascoltavate sempre insieme, con una cuffia per uno, e ripetevate le parole a bassa voce guardandovi negli occhi. E poi scoppiavate a ridere perché probabilmente qualcuno vi stava guardando malissimo, ma non vi importava perché eravate voi due. E quella volta che aveva provato a insegnarti ad andare sullo skateboard? «Tranquilla, se cadi ci sono io.» E quella sera che avete passato a camminare per Milano senza sapere dove stavate andando? E le litigate finite in un abbraccio e i giochetti d'orgoglio che vi piaceva tanto fare. E quella volta che ti aveva detto che non si sarebbe mai dimenticato. Quella sera in cui eri ubriaca e forse hai detto qualche parola di troppo e lui si è arrabbiato, ma poi è scoppiato a ridere, ti ha preso e ti ha baciato. Tutti i baci nascosti, le canzoni condivise. Tutte le pagine di diario scritte, le dita intrecciate, le parole sussurrate e le notti passate più abbracciati che mai. E quando ti svegliavi la mattina, ovviamente prima di lui, e andavi a prendergli i cornetti e lui si svegliava tutto spettinato al tuo ritorno e sorrideva. Già, sorrideva. Cazzo, quanto ci sapeva fare. E tutti quei balletti stupidi finiti in una risata, e le sere a guardare video stupidi in casa da soli. E sì, ora piangi, da sola, nel letto. E piangi in silenzio perché in fondo va bene. Va bene così. Se lui è felice lo sei anche tu... gliel'avevi promesso. Ce le hai presente o sono matta io?» domando, in lacrime.

Olimpia si limita ad abbracciarmi forte.

68

Questa sera mi hanno chiesto di te.

Sai, all'inizio pensavo che fosse inutile pure iniziare a parlarne perché è davvero impossibile spiegarci.

Poi però mi sono buttata.

Ho iniziato a parlare e, ovviamente, ho parlato tanto.

Nessuno mi fermava, erano tutti attenti.

Sono riuscita a dirgli proprio tutto, sai?

Tutto, tutto da quando siamo piccoli eh, non tutto tutto il recente.

Gli ho detto del primo bacio più bello che una bambina di undici anni abbia mai dato, gli ho detto della compatibilità dei caratteri anche se incompatibili.

Gli ho spiegato così bene il nostro legame che una mia amica a un certo punto mi ha fermato per annunciarmi che esige di essere invitata al nostro matrimonio.

E quindi sì, forse hanno un po' capito.

Sanno che sono ancora sicura che tornerai e che non saprò mandarti via.

Forse hanno un po' capito cosa siamo.

Forse questa è la volta buona che mi sono spiegata bene.

Gli ho raccontato del tuo carattere.

Sì, gliel'ho spiegato proprio bene del tuo cuore fuori dal normale.

Gliel'ho spiegato che stai sempre zitto, ma sei sempre quello che soffre più di tutti.

Gliel'ho raccontato che le cose non le dici, ma sei fottutamente bravo a farle capire.

Sono pure riuscita a spiegargli come ci completiamo.

Hanno capito che io non ti sto dietro perché sono pazza, ma perché siamo compatibili.

Lo sanno che sei un po' stronzo, ma che non saprò mai resisterti.

E sì, non preoccuparti, gliele ho descritte le tue spalle pazzesche.

Gli ho detto come le tue mani quando ci baciamo si sanno muovere perfettamente sulla mia schiena.

Lo sanno che baci da paura e gli ho anche spiegato quanto sei bello.

Gliel'ho detto, chiaramente, che ogni volta che sorridi un po' muoio dentro, di gioia ovviamente, perché vederti sorridere è una sensazione indescrivibile.

Ho raccontato anche della fragilità con cui le mie ginocchia cedono ogni volta che ti vedo.

Sanno bene quello che mi hai fatto, ma sanno anche che mi rendi davvero tanto felice.

Ho parlato tanto anche di come litighiamo quando mi fai i tuoi stupidi scherzi.

Di quanto siamo capaci di odiarci e amarci dopo pochi secondi.

Ho esposto le tue teorie sulla piccolezza degli esseri umani.

Gli ho anche dovuto dire del tuo brutto vizio di cambiarti minimo cinque volte prima di uscire di casa e di come io ti definisco «la ragazza della coppia» per questo motivo.

Gli ho raccontato dei tuoi occhi che ho paura a guardare perché poi mi innamoro troppo e gli ho anche spiegato, più o meno, cosa mi provoca adesso la tua assenza dalla mia vita.

Sai, io penso spesso a noi, e mi dicono che ogni volta che parlo di te mi brillano gli occhi.

Spero che tu pensi a me ogni tanto e mi farebbe tanto piacere sapere da te come stai qualche volta.

Ah, come ultima cosa, ai miei amici, ho spiegato anche che appena dopo averne parlato con loro sarei tornata a casa a scriverti un messaggio che, purtroppo, come al solito, molto probabilmente non leggerai mai.

69

Oggi sarebbero quattro mesi.

Sono seduta sul tetto di casa sua da questa mattina.

Leggo, piango e fumo un po'.

Sembra impossibile, ma sono arrivata anche a fumare le canne.

Mi ha portato talmente allo sfinimento la sua assenza che ho cercato appoggio in qualcosa che mi permettesse di rilassarmi completamente almeno per qualche ora.

E quindi sono qui.

A guardare il cielo.

Sembra una scena poetica.

A me fa schifo.

La sua assenza, credo, è l'unica cosa a cui non mi abituerò mai.

Come si fa ad abituarsi alla mancanza della prima persona a cui si è riusciti a dare tutto?

Ogni carezza, ogni parola, ogni pensiero.

E quando improvvisamente tutto sparisce come ci si abitua a non averla più?

Come si fa ad abituarsi all'idea di non poter più condividere tutto con qualcuno?

È come svegliarsi una mattina e ritrovarsi senza mani.

Improvvisamente tutto quello che riuscivi a fare con leggerezza e normalità diventa pesante e difficile.

Sento di essere ancora troppo piccola per affrontare tutto questo.

70

Lo riconosco subito, e lui riconosce me.

Come potrei non riconoscerlo?

Gli occhi sono sempre quelli, i capelli un po' più lunghi, ma inconfondibilmente suoi.

È davvero bello, come al solito.

Quelle guance, quelle fossette, quelle lentiggini.

Non posso credere ai miei occhi.

È davvero davanti a me.

Nonostante la nostra distanza di qualche metro riesco a sentire il suo profumo.

Dio se mi era mancato.

Non penso le mie gambe possano reggere a lungo questa visione.

Mi fissa.

I nostri occhi non si lasciano.

Non ha ancora detto niente.

Ha un sorrisino malefico e vorrei tirargli un pugno.

Sembra molto sicuro di se stesso.

«Ciao» dico.

«Ciao» risponde.

È Tom.

È alto.

Dovrei dargli un bacio sulla guancia?
Come si fa in questi casi?
«Sei bellissima» dice.
Vaffanculo, vaffanculo, vaffanculo.
«Che cazzo ci fai qui?» domando.
«Sono venuto a riprenderti» risponde.
Non può dire così.
A riprendermi?
Muoio un po'.
Ma cosa crede di fare?
Non può ripresentarsi qui così dopo essere sparito senza darmi notizie.
Dopo avermi abbandonata.
«Be', sei arrivato tardi» rispondo.
Il suo sguardo muta.
«Ci ho messo tanto a capirlo, ma amo più te che qualsiasi altra opportunità esistente a questo mondo» dice, la voce spezzata.
«Be', l'hai capito tardi» ribadisco.
«Ti prego...» si avvicina e mi prende le mani.
Come faccio a mandarlo via?
Quanta forza di volontà ci vuole per non cedere a tutto questo?
Il mio desiderio di lui è implacabile, ma allo stesso tempo non posso permettergli di avermi quando lo vuole.
Sono arrabbiata, ma estremamente felice di vederlo qui.
Ho vinto io.
È il mio amato Tom, qui per me.
È uno sbaglio, già sento creparsi il cuore, dopo la fatica che ho fatto per rimetterlo assieme.
«Seguimi» mi implora con lo sguardo.
«Smettila di comportarti come se non fosse successo nulla» lo rimprovero.
Sento i miei occhi che si riempiono di lacrime.

«Non devi decidere adesso, però almeno vieni con me» dice.
Non dovrei, ma non riesco.
Annuisco impercettibilmente con lo sguardo.
Lui ovviamente capisce che ho deciso di seguirlo e si volta.
Inizia a camminare.
Per tutto il tragitto nessuno dei due si permette di aprire bocca.
Capisco che stiamo andando a casa sua solo quando siamo quasi arrivati.
Arriviamo davanti al portone e mi fa cenno di entrare.
So che se metterò piede in quella casa non potrò tornare più indietro.
«Non posso, mi dispiace.»
«Fidati di me. Ascolta quello che ho da dire, e se poi vorrai ancora andartene non ti tratterrò, promesso.»
Fanculo.
Sa di essere il mio punto debole e in questo momento si sta parecchio divertendo a prendermi in giro.
Quando entriamo mi informa che saremo soli, e mi fa cenno di seguirlo fino nella sua stanza.
Non ci sono più entrata da quando è andato via.
Appena entro il suo inconfondibile profumo si fa più forte e mi pervade le narici.
Mi gira la testa.
«Hai intenzione di sconvolgere di nuovo la mia vita?» domando.
«Ho intenzione di amarti per sempre.»
«Non dirlo neanche per scherzo. Ho faticato tanto per imparare a vivere senza di te, adesso cosa pretendi? Che torni tutto come prima?» ringhio.
«Sì.»
Rimango sconcertata dalla sincerità della sua risposta.
Perché per lui è sempre tutto facile?
Sto combattendo una battaglia persa.

Lo voglio.
Lo amo.
Si siede accanto a me.
Cerco di allontanarmi.
«Vuoi star ferma un momento?» si lamenta.
Mi immobilizzo.
Mi bacia.
Punto e a capo.
Non tornerò più indietro.
Mi ha vinta anche stavolta.
Il bacio si fa sempre più forte.
Sempre più intenso.
Non riesco a fermarmi.
Mi butta all'indietro e continua a baciarmi sdraiandosi su di me.
Mi bacia la bocca, il collo, le guance, mentre con delicatezza mi accarezza i capelli.
Io amo come conduce il gioco e lo lascio fare.
Sorride.
Sorrido.
«Ti prego» sospira. «Facciamo l'amore ora. Ho bisogno di te» implora.
Mi irrigidisco, di nuovo.
Mi fermo.
«Ti prego» ripete.
«Aspetta» dico.
«Cosa?»
«Io non...» sto per piangere.
«Tu cosa? Perché continui a rimandare? C'è qualcosa che devo sapere?» domanda.
«In realtà sì» ammetto.
Il suo sguardo si fa preoccupato.
Non posso più tornare indietro.
Devo dirglielo.

«Cosa?» domanda, il tono quasi arrabbiato.

«Non sarà facile per te accettarlo e lo so, ma ti chiedo di non agire impulsivamente per nessuna ragione al mondo» lo imploro.

«Promesso» stringe i denti.

Si sta sforzando di rimanere tranquillo, ma non lo è.

«Tom, non so nemmeno come dirtelo io...» ho paura.

«Dimmelo e basta!» sbraita.

«Non urlare!» scoppio a piangere, spaventata.

«Perdonami, mi stai preoccupando» mi rimprovera.

Prendo un grande respiro.

Mi calmo.

«Mi è capitata una cosa terribile. Due anni fa. Ero incinta e l'ho perso. Ho perso un bambino che avevo deciso di tenere. Succede.»

Non riesco a decifrare la sua espressione.

Presumo voglia saperne di più.

È incredulo.

«È successo tutto per caso, con Cristian. La storia per metà la sai, ha approfittato della mia ingenuità e contro la mia volontà abbiamo avuto un rapporto sessuale. Due settimane dopo, quando ormai nemmeno lo sentivo più, dopo che sei andato a minacciarlo, mi sono accorta di essere rimasta incinta. I miei genitori erano convinti che un bambino avrebbe rovinato la mia vita, io non potevo pensare di uccidere una vita che si stava formando dentro di me e ho deciso di tenerlo. Non l'avrei mai detto a Cristian, l'avrei tenuto per me e basta. Olimpia lo sapeva, e mi è sempre stata accanto. Circa un mese dopo, a casa mia, mentre per l'ennesima volta litigavo con i miei genitori che non volevano che io lo tenessi, ho iniziato a sentire dei dolori, a vedere tanto sangue ovunque e poi ti risparmio gli altri dettagli perché non credo ti interessino.»

Mentre parlo, inevitabilmente, le lacrime scendono veloci sulle mie guance.

Lui non dice niente.
Guarda in basso.
Stringe forte i denti.
«Perché non me l'hai mai detto?» cerca di stare tranquillo, ma non lo è.
«Mi spaventava la tua reazione...» ammetto.
Si alza e si passa le mani nei capelli, disperato.
Passano dieci minuti senza che nessuno dei due dica niente.
Io piango, lui è seduto accanto a me e fissa il vuoto.
All'improvviso si alza e si volta verso di me.
«Vieni qui» dice.
Apre le braccia.
Lo osservo confusa.
Mi prende dolcemente le mani e mi aiuta ad alzarmi.
Siamo faccia a faccia, di nuovo.
Sento il suo respiro sulla mia pelle.
Gli sguardi sono cupi.
Il mio pieno di lacrime, il suo perso.
Mi guarda, ma non sta guardando me.
Prendo un respiro, per iniziare a parlare, ma lui mi appoggia un dito sulla bocca.
«Possiamo abbracciarci e basta? Senza parlare.»

Ringraziamenti

Grazie a Beppe e a Luca che mi hanno sopportata e aiutata fino a qui.

Alla mamma e al papi che senza sapere niente si sono sempre fidati.

A Beppe e a Maria.

Ai miei nonni, in cielo e in terra, per tutto quello che mi hanno insegnato.

Alla mia famiglia.

A Lorenzo che mi ha sempre spronata a tirare fuori il meglio di me.

A Vicky che meno male che esiste.

A Michele.

Ad Ale che c'è da sempre.

Ad Alice e Francesca per Olly, zia Charlie, e tutto quello che è nato dopo quella sera.

A Clara che anche se non glielo dico mai un po' le voglio bene (poco, e solo a volte).

A Angie e Cate che mi hanno accompagnata nelle mie follie più grandi.

A Muriel, Velia e Federica perché non rido così tanto con nessuno.

A Lea.

A Luca, Simon, Brian e Jaser.

Ai theShow e a tutti gli altri che mi fanno sempre sentire parte di una famiglia.

Alla maestra Licia che mi ha insegnato l'italiano con cui ho scritto questo libro.

Alla professoressa Ileana per aver sempre elogiato il mio essere fuori dagli schemi e per non aver mai cercato di placare la mia frenesia e il mio modo tutto mio di fare le cose.

Ad Ago e Guido per l'entusiasmo con cui mi hanno aiutata e per le splendide foto che fanno da sempre per documentare ogni avventura.

Ai piccoli Jacques e Camille perché, anche se non si vedono, ci sono delle loro foto polaroid sparse nella foto di copertina.

Alla zia Marta.

A super Potta (la sorella maggiore che non ho mai avuto), Helio (a zì) e tutta Show Reel per aver sempre creduto in me.

A Mondadori, Alberto, Francesco, Gian Arturo e a tutti quelli che mi hanno aiutata nella realizzazione di questo libro.

A chi ha letto fino a qui.

Mondadori Libri S.p.A.

Questo volume è stato stampato
presso ELCOGRAF S.p.A.
Stabilimento - Cles (TN)

Stampato in Italia - Printed in Italy